百田尚樹

Naoki Hyakuta

プリズム

幻冬舎

プリズム

装幀　bookwall

1

私が初めて岩本家を訪ねたのは三月の初めだった。

成城《せいじょう》の古い住宅街にある岩本家の邸宅は驚くほど大きかった。周囲一帯には立派な屋敷が建ち並んでいたが、岩本家はその中でもひときわ広い敷地を持っていた。鉄製の格子の門の奥に緑に覆われた庭が見えた。一本の巨大な松が門のすぐ向こうに生えている。

今どき、こんな大きな屋敷もあるんだ、と感心しながら、門扉横のブザーを押した。インターホンを通して、私が名前を告げると、すぐに格子の扉の錠が開く音がした。

重い扉を押して中に入ると、扉は自動的に閉まり、錠がかかる音がした。

目の前に道路から見えた松の巨木があった。松には「保存樹木」という札がかかっていた。札には、世田谷区が条例で指定した樹木と書かれていて、番号が記してあった。周囲の家にも同じような大きな木が何本もあったが、それらも皆、保存樹木なのだろうか。

門から屋敷までは十数メートルあり、道には石が敷きつめられていた。石は緩《ゆる》やかな階段状になっていて、屋敷は門扉から二メートル近い高台にあった。

石の階段の両側には様々な木々が植えられている。花もいくつも植わっていたが、いずれもまだ蕾《つぼみ》のままだった。

屋敷は古い洋館だった。学生時代に見た神戸の異人館を思い出した。館の右手に一本の大きな桜の木があったが、まだ花はつけていなかった。

気持ちが少し怯《ひる》むのを感じた。こんな家で仕事が務まるのだろうか。まさか初めて訪問する家がこんな豪邸とは想像もしていなかった。

上等の御召物を纏《まと》った「ざます」口調の奥様に、眼鏡をかけたこまっしゃくれたおぼっちゃまを連想して、石段を登りながら、心の中でため息をついた。

洋館の扉は木製のいかにも重そうなものだった。扉の縁には蔓《つる》模様の彫刻が施《ほどこ》され、真ん中にはライオンの顔がレリーフされていた。この扉だけでも「お宝」だわ。

扉の横にもインターホンがあった。それを押すと、はい、という声が聞こえた。

しばらくして扉が開き、長い髪をアップにし、黒いワンピースを着た女性が現れた。

「いらっしゃい」

「家庭教師センターから参りました、梅田《うめだ》聡子《さとこ》と申します」

私は深々と頭を下げた。

「岩本です。どうぞ、お入り下さい」

夫人は三十代後半に見えたが、綺麗《きれい》な顔立ちをしている。私より十センチくらい高かったから、一七十センチは超えている。若い時はモデルみたいだったろうと思った。

玄関に足を踏み入れると、吹き抜けになった広いホールだった。思わず心のうちでため息をついた。玄関ホールだけで、私の住むマンションのLDKよりも広そうだ。

ホールを通って長い廊下を歩いた。廊下に絨毯《じゅうたん》が敷いてある家は初めて見た。

通された応接室は二十畳はあろうかと思える広い部屋だった。

高い天井には、大きなファンの付いたシャンデリアがあった。電球が切れたらどうやって替えるのだろうかと、愚にもつかないことを思った。

「どうぞ、お座りください」

夫人に言われてソファーに腰を下ろした。本革の高級感が漂っていた。

サイドボードの上には、木製の象《ぞう》の置物と紫色のガラスの花瓶が置かれていた。相当に値が張りそうだ。

「梅田さんとおっしゃいましたね」

「はい」

「お若い方なんですね」

「若いと言えるかどうか――三十二歳です」

夫人は少し驚いたようだった。私の年齢を聞くと、たいていの人が驚く。

「とてもそんなお年には見えませんね」夫人は言った。「もしかして女子大生かと思っていました」

それは言い過ぎのように思えたが、私は、おそれいりますと答えた。私のプロフィールは届いているはずなのだが、年齢までは注意して見ていなかったのかもしれない。

「家庭教師歴は長いのですか？」

「五年くらいです」

本当は、家庭教師の派遣会社に登録したのは先週だった。実績を訊《き》かれたら五年と答えろと会社から言われていたので、そう答えたのだ。これがばれたら問題にならないかなと少し思ったが、最悪は首になるだけだ。それに家庭教師の経験は学生時代にある。

「梅田さんは理学部の数学科を出ておられるんですね」

「はい」

「それで、中学校の数学教師の免許をお持ちなんですね」

「はい」

これは本当だ。ただ実際に教職に就いたことはない。

「それは心強いですわ」夫人は言った。「よろしくお願いいたします」

採用が決まったのかどうかはわからなかったが、私は黙って頭を下げた。

「今、息子を連れてきます」

夫人はそう言うと、部屋を出て行った。

私は小さくため息をついた。一応、最初の関門はクリアーしたようだ。稀《まれ》に、雇い主のお気に召さずに断られるケースがあると聞いていたから、とりあえずはほっとした。次は子供との相性だ。

ふと窓の外に目をやった。

レースのカーテンを通して屋敷の庭が見えた。先程、歩いた前庭ではなく、屋敷の奥にある庭園だった。

ソファーから立ち上がり、窓に近寄って庭を眺《なが》めた。思わず心の中で、わーおと声を上げた。うっとりするほど広く美しい庭だったからだ。驚くほど広い敷地には、大きな木が何本も立っていた。

大きな庭石がいくつもあり、木は綺麗に剪定《せんてい》されていた。驚いたことに築山《つきやま》まである。築山の近くには瓢簞《ひょうたん》型の池が見えた。そのくびれたところに木で作られた橋がかかっている。

池を眺めていると、鯉《こい》が跳ねた。

庭の奥の方は林のように木が生い茂っていて、向こう側が見えないようになっていた。そうした視覚的な効果を考えて作られているのかもしれない。

眺めているうちに、どこかの優雅なペンションにでも来ているかのような錯覚を覚えた。

ドアを小さくノックする音がして、振り返った。

夫人が息子を連れて入ってきた。

私は、ソファーに座って待っていなかった不作法を隠すように、「お庭を拝見しておりました」と言った。

「とても美しいお庭ですね」

「見る分にはいいのでしょうが、手入れが大変です」

私はうなずいた。たしかにこれだけの庭を手入れするにはお金もかかるだろう。

「息子の修一《しゅういち》です。小学校の五年生です」

夫人の横に立つ背の低い男の子がちょこんと頭を下げた。

「初めまして、梅田です。よろしく」

修一という子供は、私の顔を見て、少し照れたように笑った。

その笑顔を見て、かわいい子、と思った。想像していた子供とはだいぶ違う。

「早速、始めましょうか」

と私は言った。

私が登録している家庭教師センターでは、最初の日に「お試しコース」ともいう一時間の授業がある。もちろん料金は無料だ。そこで母親に気に入られれば、契約成立となる。

授業は子供部屋で行なうことになった。

子供部屋は応接室を出て、玄関ホールの横にある広い階段を上った二階にあった。十五畳はたっぷりある広い部屋だった。

大きな勉強机の横に私の椅子《いす》が用意されていた。私は修一の学力を見るために、持参した問題をやらせてみた。夫人が部屋でその様子を見ていたが気にはならなかった。

算数の学力は平均レベルだった。もちろん私立中学を受けるには、全然足りない。私はまず修一が間違えた問題から教えた。最初は緊張していたようだったが、授業が始まると、すぐにそれに集中した。私の言うことをよく聞き、理解も早かった。

既定の一時間が終わった頃、母親が「お茶を用意します」と言って、一旦部屋を出ていった。

「お疲れ様」

修一に言うと、彼は「はい」と答えた。

「修一君は飲み込みが早いわね」

彼は嬉《うれ》しそうに笑った。照れたりしないところは、むしろ好感が持てた。

「修一君は勉強が好き？」

「全然好きじゃない」

そう言った後で、「でも、ママが一生懸命だから」と付け加えた。

「将来は何になりたいの？」

「みんなそれ聞くね」修一は少しうんざりした顔で答えた。「親戚のおじさんとか、パパの会社の人とか、ぼくに会うとたいていの人が聞いてくる」

なるほど、たしかにありがちな質問だ。

「大人はどうしていつも子供にそんなことを聞くのかなあ」

「修一君はどう思うの」

「大人は――」修一は言った。「なりたいものに自分がなれなかったからじゃないかな」

私は驚いた。そんなことは考えたこともなかったが、もしかしたら彼の言う通りなのかもしれない。

「先生はどう思う?」

　聞かれて、私は少し考えた。

「大人には未来がない。でも子供には未来がある。子供を見ると、大人は無意識にそれを思い出すのかもしれないね。それって、修一君が言った、なりたいものになれなかったことを無意識に思い出しているのかもしれない」

　修一はうなずいた。

「ぼくもそんな大人になるのかなあ」

　子供らしからぬ物憂《ものう》げな表情に、私は母性本能がくすぐられた。

　よく見ると修一は知的な表情をしている。私にも息子ができたら、こんなふうにかわいい子供になるのだろうかと思った。

「先生は子供の頃何になりたかったの?」

「うーん、ケーキ屋さんかな」

「なれたの?」

「ううん」

「どうしてなれなかったの?」

「なりたいとは思わなくなったからかな」

　修一はおかしそうに笑った。

「今はなりたいものあるの?」

「なんだろ」私は考えた。「お金持ちかな」

今度は修一は笑わなかった。つまらない冗談と思ったのかもしれない。

冗談で言ったつもりはなかったが、真面目な答えに取られないのも仕方がないかなと思った。けど、三十二歳の既婚女性が何になりたいと答えるのは難しい。

「お手洗いをお借りしていいかしら？」

「トイレは廊下に出て右にいったところ」

私は部屋を出た。

二階の廊下は吹き抜けになっていて、玄関ホールが見下ろせた。廊下の手すりの少し先に、天井から吊るされている大きなファンが見える。手を伸ばせば触《さわ》れそうだった。ホールを見下ろすと、玄関を掃除している家政婦のおばさんがいた。家政婦さんがいる屋敷なんて初めて見たので、ちょっと感動した。

トイレも広くゆったりと作られていた。我が家のトイレは座っているときに、少し体を前に倒しただけで、扉に頭をぶつけそうになるが、岩本家のトイレは手を伸ばしても扉に届かないくらいスペースがあった。まるでホテルのロビーにあるトイレのようだ。

トイレから出て、部屋に戻ろうとすると、廊下で若い男とばったり出くわした。まさかこんなところで男に会うとは思っていなかったから、少し驚いた。

小さく会釈したが、青年は私から目を逸《そ》らすようにして俯《うつむ》いた。あえて気付かないふりをしているふうにも見えた。男性は三十歳くらいの印象で、修一の父にしては若すぎる。

私はもう一度会釈したが、彼はこちらに顔を向けることもなく、廊下の手すりを両手で持って、下の玄関ホールを見つめていた。

私は仕方なく、男性の後ろを通って修一の部屋に戻った。廊下の幅は広かったので、なんなくすれ違えた。彼はそれでも私を見ようとはしなかった。すれ違ってからちらっと振り返ったが、相変わらずぼんやりと玄関ホールを見つめていた。何か、心がない人みたいと思った。

部屋に戻ると、修一はマンガを読んでいた。

「廊下に男の人がいたわ」

修一はマンガに夢中で私の言葉が聞こえないようだった。いや、もしかしたら聞こえないふりをしたのかもしれない。話題にしてはいけない人なのだろうか。変わった人がいる家は、決して珍しいことではない。それで私もあの男性のことは考えないようにした。

まもなく夫人が紅茶とお菓子を持ってやってきた。

＊

「早々に決まってよかったな」

夫の康弘《やすひろ》はそう言って、皿の上のピーナッツをつまんだ。

康弘は出版社に勤めていて、現在は文芸誌の編集をしている。年は二つ上の三十四歳だ。私も以前は康弘とは別の出版社で働いていた。

「けど、週に四回って、多くない？」

「センターの人も珍しいって言ってた。普通は多くても週に二回みたい。中学受験のために算数を集中的に鍛《きた》えたいんだって」

康弘はビールを飲みながらうなずいた。

「いきなりそんなに仕事して、自分の時間がなくならない？」

「大丈夫よ。もともと週に四日くらいは仕事したいと思っていたから」

それは本当だ。家庭教師センターに登録したのも、一日中家にいるのがストレスになりつつあったからだ。

結婚してからもずっと仕事を続けてきたが、二年前に体調を崩して退職していた。同じ頃、不妊治療を始めた。三十歳で不妊治療は早いんじゃないのと周囲の人に言われたが、理由があった。結婚してから三年間、まったく避妊しなかったのに一度も妊娠しなかったので、少し気になって病院で検査を受けたら、排卵障害と診断された。以来、専業主婦をしながら定期的に不妊治療を続けてきたが、治療が二年にもなると、それだけに専念する生活は精神的に辛《つら》いものがあった。また体調も戻って来ると、暇を持て余すようになり、習い事くらいでは退屈を解消できなくなった。もっともフルタイムで働く気はなく、それで先週、家庭教師センターに登録したのだ。

「無理はするなよ」

康弘がいたわるように言った。私は「ありがとう」と答えた。不妊治療は二人のためではあるが、女として至らない思いと安くはない不妊治療の出費の両方で、彼には随分と負い目を感じていた。

「体の調子は悪くない？」

「もうほとんど大丈夫」

「やっぱり、職場の人間関係で疲れてたんだろうな」

「そうかもしれないけど、慢性的な睡眠不足もあったと思う」

「俺は今でもそうだよ」

康弘は笑いながら言った。

「ご苦労様です。旦那様」

私が丁寧に頭を下げると、康弘は苦笑した。

康弘と出会ったのは、六年前、ある出版パーティーの会場だ。翌週から猛烈なアプローチを受けた。当時、私には恋人と、恋人らしき男が別にいて、しばらくの間、三人には内緒で三股をかけていたが、結局、康弘と結婚した。

正直に言えば、康弘にはあまり恋愛感情を抱いていなかったが、彼の情熱にほだされた。康弘はどちらかといえば醜男《ぶおとこ》の部類に入るが、性格は悪くないし、収入もそこそこある。何より私のことを愛してくれていたし、恋人時代はそれこそ女神のように崇《あが》めてくれた。それだけに不妊の原因が私にあるとわかってからは、彼に対する心理的なアドバンテージを失ったような思いがどこかにあった。家庭教師を始めようと思ったのも、安くはない不妊治療の少しは足しになるかと思ったからだ。

「でも、週に四回って、その分、金もかかるのになあ」

「家はびっくりするくらいの豪邸よ。今どき、あんな家があるのかってくらい」

「なるほどなあ。普通のサラリーマン世帯では、一つの教科で四回も家庭教師をお願いできないだろうな」

「そうだね」

「週刊誌の記者やってた時に、信じられないくらいの金持ちってのをよく見たよ」

「家政婦さんまでいたのよ。通いだと思うけど」

「それくらいの豪邸なら普通だろ」

「世の中は不公平にできてるよね」

「だから面白いんだけどね」康弘はわかったようなことを言った。「けど、金持ちはわがままだから、気に入らないとすぐに首にされるぞ」

その不安はあった。週四回も家庭教師をして成績を上げることができなければ、首にされるかもしれない。でも、それならそれで仕方がない。


翌週から、家庭教師の仕事が本格的にスタートした。一回の勉強時間は二時間で、途中、十分の休憩時間を取った。それが家庭教師センターの規約だった。

修一は手のかからない生徒だった。理解力は特別すぐれているとは感じないが、集中力があった。子供に一番大切なのは集中力だ。中学受験の算数くらいなら、集中力のある子供なら楽にこなせるようになる。

教えていて厄介《やっかい》なのは、集中力がまったくもたずに、数分おきに休憩を取らないといけないような子だ。最近はそういう子は一種の病気と捉えられるようだが、学生時代にも何度か家庭教師のアルバイトをした経験がある私に言わせれば、多くは単なる怠け癖《ぐせ》だ。小さい時から甘やかされて、我慢ができない子に育っただけだ。

だからそういう子はたいていわがままだ。問題がわからなかったりすると、途端に機嫌が悪くなったり拗《す》ねたりする。それで叱ると、後日、首を言い渡されたりする。おそらく子供が親にあることとないこと言いつけ、真に受けた親が家庭教師センターに先生を代えてくれと訴えるというわけだ。でも、そんな家は新しい教師が行っても、同じことが繰り返されるだけだ。

学生時代、同級生の男の中に、そういう子供相手にもうまくやっていく者がいた。どういうふうにやるのかと訊いたら、彼は、「何でも好きなようにやらせるのだ」と答えた。「休憩したければ休憩させる。問題をやりたくなければやらせない」

私は呆《あき》れた。それでは学力がつかないし、何のための家庭教師かわからない、と言うと、彼は、「そんなの知ったことじゃないし、俺の責任じゃない」と言い放った。

十分の休憩時間は修一に自由に過ごさせた。修一は携帯用のゲーム機で遊んだり、漫画を読んだりした。

私は次に教える問題を考えたり、時々は雑誌を読んだりした。何もすることがない時には、窓辺に行き、庭を眺めた。

二階の部屋から見る庭の景色も素晴らしかった。この辺りはおそらく第一種低層住居専用地域とかいうところなのだろう。周囲には三階建て以上のマンションはなかった。岩本家は少し高台にあったから、周囲の家の屋根もあまり見えず、庭は一層広く見えた。

いくら見ても全然飽きなかった。毎日こんな美しい庭園を眺めながら暮らせたら気持ちいいだろうなと思った。


「先生はどうして結婚したの？」

二回目の家庭教師の日、休憩時間に修一が不意に尋ねた。

「さあ、どうしてだろうね」

「恋愛結婚？」

「一応ね」

修一は首をかしげた。

「好きだったんでしょう？」

「まあね」

妥協で結婚したみたいなことを言っても、小学生には意味が分からないだろうし、私を軽蔑するかもしれない。

「修一君は好きな女子がいるの？」

「いないよ」

修一はそう答えたが、赤くなった顔が嘘と言っていた。

「その子と結婚したい？」

「好きな子はいないって――」

「じゃあ、こんな話はやめようか」

私が言うと、修一は少しがっかりした顔をした。それで、「その子はかわいいの？」と訊いてあげた。

修一は少し間を置いて、「かわいいとかはわからない」と答えた。

「でも、魅力的なんでしょう」

修一は「うん！」と言った。その顔は、自分の好きなものを褒《ほ》めてもらった喜びに満ちていた。

「付き合ってるの？」

修一はぶるぶると首を横に振った。

「告白したの？」

また首を振った。

「でも、好きなのね」

今度は縦に振った。

「その子のどこが好き？」

修一は少し考えて、「全部」と答えた。

「全部？　いやなところはないの？」

「ない。全部好き！」

修一は力強く言った。その顔は、彼女の名誉を守るために戦う騎士の顔だった。

私は修一の幼さに微笑《ほほえ》んだが、同時に彼の気持ちを羨《うらや》ましく思った。こんなふうに一切の迷いもなく異性を好きになれるのは幼い時だけかもしれない。大人になれば、そんなふうに人を想うことはできない。

私も若い頃はいろんな男性が素敵に見えた。自分で言うのも何だが、自分の顔はそこそこ美人で通ると思っている。だから恋もそれなりにしてきた。でも男と付き合うたびに、そして年を取るごとに、男のリアルな姿が見えてきた。所詮《しょせん》は男性も女性と同じように、嫌な部分をいっぱい持っている人間に過ぎない。女のほとんどが女神でないように、多くの男もまた王子様じゃない。

だからといって男性に幻滅しているわけじゃない。人間は不完全で長所と短所が混ざり合った存在だ。そうした部分を含めて魅力的な人はいる。ただ、もう何も知らない少女のように純粋な恋はできない。大人になってからの恋は、相手の社会的地位や仕事の能力や収入など、条件が大きくものを言う。

「今の話、ママに言わないでね」

修一がおずおずと言った。私が「言わないよ」と言うと、少し恥ずかしそうに笑った。

「大人の人も、誰かを好きになったりするかな」

「もちろんよ」

私は修一の気持ちを軽くするためにそう言ったが、その答えは逆に修一を驚かせたようだった。

「そうなの?」修一は言った。「パパやママも人を好きになったりするの?」

どう答えようかと迷った。自分の両親も他人を好きになったりするなんて、小学生には理解もできないし、考えたくもないことだろう。テレビに出てくる不倫のドラマは、特殊な人たちの話として見ているのかもしれない。実際に、不倫の恋は誰にでも普通にあるものとは言えない。むしろ健全なモラルを持った大人は陥らない。

「あのね、普通の人は大人になると恋をしなくなるの」

「どうして」

「恋は若い時のものなの。激しいスポーツは若い時にしかやれないのと一緒かな」

言いながら、この喩《たと》えはちょっとエッチかなと一瞬思った。

「年取ったスポーツ選手もいるよ」

「でも少ないでしょう」

修一はうなずいた。

「じゃあ、先生はまだ大丈夫?」

「先生は結婚してるよ」

「あ、そうか」

修一が笑った。私も笑いながら、多分もう恋はしないだろうなと思った。もちろんそんな願望もない。友人の中には、結婚していながら恋をしている者もいたが、私は興味がなかった。

「さ、恋バナはおしまい。勉強しようか」


その週末、家庭教師を始めて三回目の日、休憩時間に庭を見ていると、修一が後ろから「先生はいつも庭を見てるね」と声をかけてきた。

「何か変わったものが見えるの?」

「ううん」私は振り返って言った。「すごくきれいなお庭だから見て楽しんでるの」

修一は不思議そうな顔をして、ふーんと言うと、再びゲーム機の画面に目を戻した。

私は心の中で苦笑した。生まれた時からこの庭を見ている子供にとっては、別に何ということもない庭なのだろう。世田谷の一画にこんな大きな庭を持てるということがどれほどすごいことなのか、小学生にわかるはずもない。そんなことを考えながら、また庭を眺めていると、修一が再び「先生」と声をかけてきた。

「そんなに好きなら、あとで庭に出てみる?」

「いいの?」

「うん」

「勝手に出たりして、お母さんに叱られないかしら?」

「大丈夫だよ」

修一はそう答えたが、少し考えて、「ぼくがママに言っとく」と言った。

「じゃあ、もしお母さんのお許しが出たら、少し散歩させてもらおうかしら」

「うん」

授業が終わり、夫人が部屋にやってきた時、修一が「先生を庭に連れてってもいい?」と言ってくれた。

夫人は少し考える素振りを見せたが、「あんな庭でよければかまいませんよ」と答えた。

「あんな庭だなんて――」私は言った。「こんな素晴らしいお庭は初めてです」

「ありがとうございます」

夫人は微笑んだが、その笑顔にはどこか複雑な気持ちが入っているように見えた。私はそれに気付かないふりをした。

庭へは一階の応接室を通って出た。ご丁寧にもサンダルが用意されていた。

庭に出た途端、いい匂いがした。何かの木の香りだったが、私はわからなかった。

「この匂いは何かしら?」

私は修一に尋ねたが、修一は「知らない」と言った。

庭は和洋折衷《せっちゅう》で作られていた。木を中心にした日本庭園の良さと花を中心にした洋風のガーデンの良さが入り交じっていた。そしてそれがアンバランスにならず、不思議な調和を保っていた。もっとも花壇の花はまだほとんど花を付けていなかった。

自分の足で歩いてみると、窓から見た以上に庭の美しさを実感した。微妙に起伏があり、それが夕暮れの日差しが作る長い影と相まって、庭の立体感を増していた。更に、生い茂る木立と築山が庭の全貌を遮《さえぎ》り、一層広く見せていた。

思わずため息をついた。

「素敵な庭ね」

「そうかなあ。ぼくは野球の練習場が欲しいけど」修一は言った。「それに犬を飼いたい。広い庭で犬を放し飼いするの」

無邪気な笑顔で言う修一がかわいかった。

池を眺めていると、修一は退屈してきたらしく、「ぼく、部屋でゲームしてきてもいい？」と言った。

「いいわよ」私は答えた。「じゃあ、先生はもう少しお庭を見ていてもいい？」

修一は「いいよ」と言うと、走って屋敷の方に戻っていった。

私は築山の周囲をぐるりと回り、池にかかる橋を渡った。

橋の上から池を見ると、数匹の錦鯉が見えた。池の水は濁っていなかったから、おそらく機械で常に水を浄化しているのだろう。しばらく歩いていると、少し体が冷えてきた。応接室に置いたスプリングコートを羽織って出たらよかったかなと思った。

庭にはひときわ大きなケヤキの木があった。私の胴回りよりもはるかに太く、樹齢百年以上は経っていそうだった。その木にも「保存樹木」と書かれた札がかかっていた。

私はケヤキの木に近付き、その肌をそっと撫《な》でた。樹齢百年とはいってもケヤキの寿命から見れば、まだまだ若木だ、その木肌もきめ細かく美しかった。

前に樹齢数百年のケヤキを見たことがある。巨大な幹は岩の塊のように見え、ほうぼうに瘤《こぶ》や裂け目があり、木肌はぼろぼろだった。それを思い出しながら、この木もいずれそうなるのだろうと思った。もっともその頃には私はとっくにこの世にいない。

私が死んでもこの木はずっと残る。でも、いずれ屋敷が壊された時には、伐《き》り倒されるのかもしれない。めくれた木肌を触ると、ぼろっと剝《は》がれて落ちた。

突然、背後から、「木に触るな！」という鋭い怒鳴り声が聞こえた。驚いて振り返ると、数メートル離れたところから、男が凄《すさ》まじい形相でこちらを睨《にら》んでいた。

「木を傷つけるな」

「ごめんなさい」慌《あわ》てて謝った。「でも、傷つけたわけじゃありません」

「傷つけたじゃないか！」

私は返答に困った。剝がれて落ちたのは腐った木肌部分だ。私は落ちた木肌部分を拾って、そのことを説明した。

そうしながら、この人は誰なんだろうと頭の中で考えた。顔はよく覚えていないが、たぶん先週、廊下ですれ違った男だ。でも確信はなかった。

「人の木に勝手に触っていいのか！」

「すみませんでした」

男は私の体をしげしげと見つめた。

「お前は誰だ？」

私は名乗ろうとして、すぐにその必要はないことに気付いた。

「あなたのほうこそ、誰なんですか？」

「何っ！」

男は私を睨みつけた。

その直後、男は持っていた植木鉢を私に向かって投げつけた。

咄嗟《とっさ》に植木鉢から身をかわしたが、素焼きの鉢は私の体を大きくそれて、庭の石に当たって砕けた。

「何するのよ！」

私が叫ぶと、驚いたことに、男は今度は唾《つば》を吐いた。しかし私とは数メートルも離れていたから、唾はまったく届かなかった。しかしその奇矯《ききょう》な行為は私をたじろがせた。男が襲ってきたらいつでも逃げだせるように身構えた。

ところが男はくるりと背を向けると、庭の奥の木立の方に駆けて行って見えなくなった。

私は彼が走り去った方向をただ茫然《ぼうぜん》と見つめていた。いったい何が起こったのだ。あの男は誰なの――。

男が走り去った方に目をやると、木立の奥に離れが見えた。それは洋風の小さな平屋の建物で、木々に隠れるように建っていた。よく見ると、庭とは低い木の塀で仕切られていた。男は離れ屋の住人なのだろうか。そもそも岩本家の人なのだろうか。

振り返って母屋を見た。二階の修一の部屋に目をやると、窓際でこちらを見ている修一と目が合った。おそらくさっきの男の怒鳴り声と私の叫び声を聞いて、ゲームを中断して庭を眺めたのだ。ところが修一は私と目が合った瞬間、窓から顔を引っ込めた。

もう一度顔を出すのを待ったが、彼は二度と窓から顔を出さなかった。

何か気持ち悪いものを感じながら、庭から応接室に戻ると、夫人がいた。

「いかがでしたか?」

夫人はにこやかな笑みで尋ねた。

「素晴らしいお庭でした」

そう答えながら、夫人はとぼけているのかと思ったが、そうではなさそうだった。おそらく先程の出来事には気付いていないのだろう。

「広いばかりで、たいしたことはないです」

夫人は笑いながら言った。

「とんでもないです。すごく手入れされていて、本当に見事な庭園です」

私は夫人に、庭にいた男性が誰なのか訊こうと思ったが、やめた。なぜか彼はこの家のタブーのような気がしたからだ。

それに怒鳴られただけで、何か危害を加えられたわけではない。植木鉢も私を狙《ねら》って投げたものではなかった。おそらく脅しの意味で投げたのだ。小娘みたいに大袈裟《おおげさ》に騒ぎ立てることもない。

私は庭を見せていただいた礼をあらためて夫人に述べると、岩本家を辞した。

家に帰っても、そのことは康弘に言わなかった。余計な気遣いをさせたくなかったからだが、彼ならたいして心配はしなかったかもしれない。


三日後、再び、岩本家を訪れた。

家庭教師の休憩中、修一に三日前の出来事を聞いた。

「あの日、二階から私を見てたでしょう」

修一は一瞬戸惑いの表情を浮かべたが、うん、と答えた。

「どうして、私を見てたの？」

「何となく」と修一は答えた。「先生、何してるのかなと思って」

「修一君は、見てたんでしょう？」

「何を？」

「私に植木鉢を投げた人を」

「見てない」

返事があまりにも早すぎた。

「あの人は誰？」

「知らない」

修一は慌てて、「あの人って？」と訊ねたが、その言い方で修一が本当はすべて知っていることがわかった。

この家には人目をはばかる人物がいるのは、どうやら間違いない。おそらく長い引きこもりか、もしかしたら心を病んだ身内の一人だろう。そんな人がいることをわざわざ家庭教師に説明する理由はない。私にも知る権利はないし、隠されて不愉快になることもない。

その後、何度も岩本家に家庭教師に行ったが、謎《なぞ》の青年には一度も出会わなかった。広い屋敷だし、部屋に籠《こも》っていれば出会うこともないだろう。引きこもりの男はたいてい部屋から出ないと聞いている。もしかしたら庭の奥にある離れが彼の住処《すみか》かもしれない。

あれ以来、勉強が終わると庭に出るのが私の習慣になっていた。夫人にいつでも庭に出ていいと許可を貰《もら》っていた。

庭で過ごすのは気持ちがよかった。専業主婦になってから、マンションの部屋に一人でいると息が詰まってきて、よく近所の公園などに散歩に行くようになった。でも、景色のいい場所はたいてい人が多いから、心からリラックスすることができない。ところがこの庭にいる時は、完全に一人の優雅な時間が持てた。夕暮れの庭は少し薄暗く、それがまたよかった。

庭で何かするわけではない。ただ歩いたり、池のほとりにある木製のベンチに腰かけてぼんやりするだけだった。でも、それだけですごく気持ちよくなれた。長い不妊治療で積み重なった鬱屈《うっくつ》や、その他のストレスがやわらぐ気がした。

三月の終わりに門の脇と庭園のソメイヨシノが満開の花を咲かせた時は、最高の贅沢《ぜいたく》を味わった気分だった。

例の男性にはその後は一度も出会わなかった。あれはおそらくよほど例外的なことだったのだ。もしかしたらたまたま滞在していた親戚か遠縁の者かもしれない。もしくは仕事関係の誰か、あるいは変わり者の庭師か何か。誰であっても、私の仕事には関係がない。

桜の花が散る頃には、男のことは忘れてしまっていた。


家庭教師を始めてから、生活にリズムが生まれてきた。家にいる時も算数の参考書や問題集を開いて、次の授業の準備をした。もともと数学が好きだったから、小学生の算数の勉強をするのも楽しかった。特に有名中学の入試問題をやるのは面白かった。

康弘はいつも帰宅が遅い。校了前だと会社に泊りこむことも多く、以前はそれでいらいらすることもあった。

彼にはおそらく浮気相手がいる。決定的な証拠を摑《つか》んでいるわけではないが、まず間違いないという確信があった。しかしそのことで彼を問い詰めたり責めたりする気はない。不妊による負い目があったし、何より不妊治療では、彼に経済的にも精神的にも負担をかけていた。康弘は浮気を家庭に持ち込まなかったし、私には相変わらず優しかった。だから一時の遊びなら、見て見ぬふりをしておこうと思っていた。

それでも以前は一日中家にいると、ついそのことを考えてしまって気が滅入ったが、家庭教師をするようになって外出する機会が増えたことで、気持ちが楽になった。久しぶりに高い美容院に行き、長かったストレートヘアを肩にかかる程度にカットしてゆるいパーマをかけたのも、そんな気分の変化だった。夜に一人でいても、いらいらすることが少なくなった。

ただ、仕事を増やす気はなかった。家庭教師センターからは別口の紹介があったが、新規の家庭教師は断っていた。そのうちに慣れてきたらいくつか掛け持ちしてもいいかと思っていたが、今のところは岩本家で十分だった。

四月初旬のある日、いつものように勉強を終えて、夫人に挨拶すると、「主人がご挨拶をしたいと申しております」と言われた。岩本家を訪れるようになって一ヵ月余り経つが、ご主人には一度も会っていなかった。

夫人は一階のいつもの応接室に案内した。ソファーに中年男性が座っていた。

「修一の父です」

彼は中央のソファーから立ち上がると、にっこり笑って名刺を差し出した。代表取締役社長の肩書きの下に岩本洋一郎《よういちろう》と書かれてあった。

「初めまして、梅田と申します」

私は夫人に言われるまま、ソファーに座った。夫人も隣に座った。

洋一郎はがっしりした体型をしていた。年齢は四十歳くらいに見える。以前、廊下と庭で見た男性ではない。顔つきは少し似ているような気もしたが、洋一郎の方がずっと丸々とした顔をしている。

「修一はどうですか?」

「大変頭のよいお子さんです」私は言った。「楽をさせてもらっています」

洋一郎は声を上げて笑った。

「ぼくから見ればとろい感じがするけど、まあお世辞半分でも嬉しいものです」

「お世辞ではありません」

「だってさ」

洋一郎は妻を見て軽くウインクした。夫人はくすっと笑った。

洋一郎は如才のない男だった。表情や身のこなしが洗練されていて、全体に自信に溢《あふ》れていた。もともとの性格なのか、社長という立場がそういう性格を作ったのかはわからない。

「それにしても大きなお屋敷ですね」と私は言った。「世田谷にこんな大きなお屋敷があるなんて」

「うちよりも立派な屋敷はいくらでもありますよ」

洋一郎はさらっと答えた。私は笑うしかなかった。

「梅田先生は、独身ですか?」

「いいえ」

「ご結婚されてるんですか」洋一郎は驚いた表情を浮かべた。「てっきり独身と思っていました。大学を出たくらいに見えたから」

「ありがとうございます。でももう三十二です」

「とても見えません」

「恐れ入ります」

「妻から聞いていましたが、美人ですね」

「とんでもないです」私は慌てて胸の前で手を振った。「奥様の方がずっとお美しいです」

「妻も若い頃はなかなかのものでしたが、今はね」

夫の言葉に、夫人は苦笑した。

「昔は、私の秘書だったんですよ」洋一郎は言った。「まあ、今でも家の中では秘書みたいなものですが」

「素敵な奥様です」

洋一郎はにっこりと笑った。

「いや、気に入りましたよ。態度がとても堂々としています。安心しました」

何が安心なのかわからなかったが、とりあえず息子の家庭教師として「不可」は付けられなかったようだ。

「ま、息子のことは今後もよろしく」

「こちらこそ、よろしくお願いいたします」

洋一郎はテーブル越しに右手を出した。握手した手は力強かった。

私が夫人と共に部屋を出る時、洋一郎は、「今度はお酒をごちそうさせてください」と言った。私は「是非、お願いします」と答えた。横で夫人が苦笑していた。

「素敵なご主人ですね」

部屋を出るなり、夫人に言った。

「そうでしょうか、がさつな主人です」

「とてもダンディな方です」

「いつもはもっとだらしない格好してるんですよ。今日はたまたま仕事から帰ってきたところでしたから」

そう言いながら夫人は満更でもなさそうだった。少しだけ夫人を羨ましく思った。絵に描いたような玉の輿だ。あんな夫がいたら、誇らしいだろうなと思った。

2

四月の下旬、私はいつものように夕暮れの岩本家の庭を歩いていた。

ひと月余りの間に驚くほど、庭はその景色を変えていた。初めてここに足を踏み入れた時は全体がくすんだ緑色に覆われていたが、桜の季節を間に挟んで、今やすべてが鮮やかな緑に包まれていた。空気も暖かく、もうスプリングコートも不要だった。

大きなケヤキは黄緑色の葉をいっぱいに茂らせ、庭に木陰を作っていた。木陰の一部は池にもかかっていた。

ヤツデも新しい葉をつけていた。屋敷の傍にある花壇のパンジーも色とりどりの花を咲かせている。ハナミズキも蕾をいっぱいにふくらませていた。一面の地面に敷き詰められた芝ザクラの花も美しいピンクで彩られていた。他にも私の知らない花がいくつもあった。

ベンチに座って庭を眺めていると、とても都心にいるとは思えなかった。新宿から十数分ほど電車に揺られたところに、こんな屋敷があるなんてとても不思議だった。マンション暮らしの私は、この庭にいると心休まった。

目を閉じると、どこからか小鳥の鳴く声がする。大きく息を吸い込むと、土と草の匂いが鼻をくすぐった。

小鳥の声が鳴きやんだ。ふと眼を開けると、ベンチの正面に男性が立っていた。

先日、私を怒鳴りつけた男だった。緊張して身構えた。しかし男の表情からは、敵意のようなものは感じられなかった。

男は私が見ていることに気付くと、「やあ」と言って、白い歯を見せた。

戸惑いながらも、軽く会釈した。

「そっちのベンチに腰掛けてもいいかな」

男はベンチを指差して屈託なくそう言った。

どう応えようか一瞬迷ったが、自分には拒否する権利はないことに気が付いた。ここは私の庭じゃない。

男は笑顔を浮かべながら近付くと、私の横に座った。男は私と同じ年くらいに見えた。

「いい天気だね」

言われて、仕方なく「はい」と答えた。

「この庭が一番美しくなるのは、この季節なんだよ」

「そうですか」

相槌を打ちながら、内心大いに戸惑っていた。

いったい何なの、この男は？　どういうつもりなの？　先日のことを覚えていないの。

「君の名前は？」

男はいきなり訊ねた。

「梅田聡子といいます」

この家の家庭教師をしているという説明を付け加えるのはやめた。そこまで言う必要はないと思ったのだ。

「修一の家庭教師だね」

私は黙ってうなずいた。

「修一はいい子だよ。素直ないい子だ」

「失礼ですが」と私は言った。「お名前を聞かせていただけませんか」

「おっと、こいつは失敬」

彼は体を半身にして私の顔を見た。

「ぼくは宮本ジュンヤ。職業は画家」

「画家、ですか?」

「そう。絵を描いて飯を喰ってる。優雅な身分だよ」

宮本は、私に植木鉢を投げつけた時とは雰囲気がまるで違っていた。あの時は、たしか作業服のような灰色のズボンを穿《は》いていて、上もジャンパーだった。

しかし今、目の前にいる宮本は七分袖の胸元が開いた黒いカットソーを着て、ベージュのショートパンツを穿いていた。靴は白いローファーだった。胸元からは金色の鎖のネックレスが見えた。これが若い画家のオーソドックスなファッションかどうかは知らないが、相当にお洒《しゃ》落《れ》な男であるというのはわかった。何より言葉遣いが全然違う。

よく見ると、目元が涼しく、鼻筋が通った端整な顔つきをしている。なかなかのイケメンだ。今はベンチに腰掛けているからよくわからないが、さっき立っていた感じからすると、百八十センチ近い長身だろう。

「聡子さんは絵が好きですか?」

「よくわかりませんが、見るのは好きです」

「絵は、描く以外には、見るしかないですよ」

宮本は小馬鹿にしたように笑った。

「ぼくから見れば、世間の人は、絵を描く人と、絵を見る人の二つのタイプに分かれると思いますね」

「随分乱暴な分け方ですね」私は言った。「それだけじゃないと思いますが」

「ほう。たとえば？」

「絵に関心のない人——そういう人が大多数じゃないですか」

「なるほど、じゃあ、ぼくとあなたは少数派の仲間だ」

宮本は快活に笑った。

無理やり同じ範疇《はんちゅう》にされて面白くなかったが、宮本との会話は不愉快ではなかった。しかし心の中にある違和感は消えなかった。あまりにも印象が違いすぎる。芸術家には変人が多いと聞くし、気分の移り変わりが激しい人も珍しくないという。彼もまたそうした奇人の一人なのだろうか。それとも私のことを植木鉢を投げつけた相手だと思っていないのだろうか。

「宮本さんは」と思い切って尋ねた。「この家のお客さんですか」

「面白い質問だね」

宮本は私の顔を見てにやりと笑った。

「お客さんとも言えるけど、居候《いそうろう》というのが正しいかな。ぼくはここの主、岩本洋一郎氏に世話になっている。つまり岩本氏はぼくのパトロン。ああ見えて岩本氏は絵に造詣《ぞうけい》が深くてね。ぼくをこの屋敷に住まわせてくれて、自由に絵を描かせてくれているというわけ」

宮本はにやりと笑った。

「信じられないって顔をしてるね。昔のヨーロッパではこういうことは普通にあったんだよ。いや、画家や音楽家を育ててきたのは、貴族たちさ。彼らはディレッタントと言ってね、芸術を愛して、才能ある芸術家を育てることを自らの使命の一つとしてきたんだ」

「すると、宮本さんはこの家にお住いなんですね」

「うん、奥の離れがぼくの住まいだよ」

宮本はそう言って木立の奥に見える離れを指差した。

宮本は不意に黙って、私の顔をじっと見つめた。男性からこんなふうに顔を凝視されることは久しくなかったので、少しどぎまぎした。

「聡子さん」と宮本は言った。「あなたは美しいですね」

「美しくなんかないです」

「いや、アリエッタのような美しさがあります」

「アリエッタって何ですか？」

「小さなアリアという意味です」

私は曖昧《あいまい》にうなずいた。

宮本は私を上から下までまじまじと眺めた。あまりに無礼な態度に呆れてしまった。

「失礼します」

私はそう言うと、ベンチから立ち上がった。宮本はちょっと驚いた様子だったが、黙って二ヤニヤしていた。

　私は庭を後にした。


　翌日、庭に出ると、また宮本がやってきた。離れの方からやってきたから、おそらくそこから庭を見張っていたのだろう。それにしても、私が庭に出てから一分も経っていない。せめてもう少し時間を遅らせるくらいできないのかと思った。

「やあ、また会ったね」

　私は、偶然みたいに言わないでと内心思いながらも、会釈した。

「この庭が好きですか？」

　私は黙ってうなずいた。

「いいよね、この庭は。ぼくの創作意欲も大いに湧く」

　宮本は目を細めながら、首の角度を何度も変えて庭を眺めた。わざとらしい仕草だった。

「しばらく絵を描いてなかったんだけど、また描こうかな」

　私は答えなかった。

「ノートか何か持ってない？」

「大学ノートなら」

「じゃあ、出してくれない」

　ちょっと迷ったが、断るのも大人げないと思い、鞄《かばん》の中から家庭教師用のノートを取り出して宮本に渡した。

「書くものある？」

私がシャープペンシルを取り出すと、宮本は「シャーペンでクロッキーをするのは初めてだな」と言いながら、ペンを受け取り、ノートを開いた。

彼は庭を見ずに、こちらを向いてペンを走らせた。まさか自分が描かれるとは思わなかったので少し慌てた。

約一分後、宮本はノートとシャープペンシルを私に返した。ノートには私の肖像画が描かれていた。簡潔な線で描かれたその顔は、私にそっくりだった。

「とても、お上手です」

「お上手？」宮本は意外そうに言った。「そんなレベルじゃないでしょう」

彼の傲慢《ごうまん》な言い方に呆れながらも、その上手さは認めざるを得なかった。

「ええ、たしかに。素晴らしいです」

宮本は満足そうにうなずいた。

「これ、いただけるんですか？」

「あなたのノートだよ」

「ありがとうございます」

もう一度その絵をじっくりと見た。

本当に素晴らしいクロッキーだった。イベント会場などでたまに見かけるプロの似顔絵描きよりもずっと上手い。宮本が画家というのは本当だった。洋一郎が援助をするだけのことはある。絵の左下に「宮本純也」と漢字でサインがしてあった。

「こんなふうに即興で肖像画を描いたのは初めてだよ」

「そうなのですか」

「うん。君を見ていると久しぶりに創作意欲が湧いてきた」

宮本はそう言いながら、前と同じように私の顔をじっと見つめた。なぜか前のように不愉快には感じなかった。この人は本当に芸術家なのだと思った。

私はもう一度ノートの絵を見た。実物よりも綺麗に描かれている。色が付いていればもっと素敵に違いない。

不意に宮本は私から離れ、池の方に向かって歩き出した。

彼はそのままゆっくりと池の橋を渡り、向こうの木立の中に消えた。驚いたことにそのまま戻ってこなかった。

宮本が戻ってこないとわかるまで、私は十五分もぼんやりとベンチに腰かけて待っていた。あまりの気まぐれさに、私は怒る気もしなかった。芸術家は変わり者が多いというのは本当だと思った。


二日後、庭に出ても宮本は現れなかった。

私は庭の花々を見ながら散策し、ベンチに腰かけて庭を眺めた。

十分ほどして帰ろうとした時、不意に声をかけられた。振り返ると宮本だった。

「あ、宮本さん」

「やあ」

宮本は笑顔で手を挙げた。

「もう帰るの？」

「ええ、今、帰ろうとしたところです」

そう答えながら、宮本はおそらく今日も離れから私を見ていたのだろうと思った。

「ちょっと話をする？」

「でも、遅くなりますし――」

「まあ、いいじゃない」

宮本はそう言ってベンチに腰を下ろした。私は仕方なく彼の隣に座った。

「雅子《まさこ》さんのこと、どう思う？」

宮本はいきなり訊いてきた。

「雅子さんって？」

「岩本夫人、修一の母だよ」

「素敵な方だと思います」

宮本は鼻で笑った。

「あの奥さんはね、夏になると薄着になるんだよ。こうやって、肌を露出させてね」

宮本は言いながらシャツの襟《えり》を開いて見せた。

「なぜだかわかる？」

「わかりません」

「男を誘ってるんだよ。明らかに欲求不満だね」

「私にはそうは見えませんが」

「そういうことは女性にはわからないんだよ」宮本がおかしそうに言った。「彼女について、びっくりするような話をしてあげようか」

「結構です」と私は言った。「そういうお話は聞きたくありませんし、したくもありません」

宮本は声を上げて笑った。

「心にもないことを言って。本当は聞きたくてうずうずしているくせに」

私はあまりに無礼な態度にかちんときた。

「それにしても、君は綺麗だな」

「綺麗じゃありません」

「ぼくの絵のモデルになってくれない？　君を見ていると、創作意欲が湧いてくる」

「私にモデルなんか無理です」

「いや、無理じゃない」

宮本はそう言うと、腰をずらして私に近付き、手を握ってきた。

「君を描きたい！　君の美をキャンパスに残したい」

宮本はそう言いながら、いきなりキスしようとしてきた。私は慌てて顔を逸らして宮本を両手で押しのけた。

「やめてください！」

「なぜ？　いいじゃないか」

「ダメに決まってるじゃない」

宮本は強引に私の唇を奪おうとした。私は渾身《こんしん》の力を込めて押し返すと、ベンチを立った。

「失礼します」

それだけ言うと、足早に立ち去った。宮本は追いかけてこなかった。

不愉快極まりなかった。何度か話をしたくらいで、キスをしようとしてくるなんて考えられない。そんな女と見做《みな》されたことが、また腹立たしい。

いや、私に落ち度はない。私は思わせぶりな態度はまったくとっていない。あの男が一方的に無礼なことをしてきたのだ。芸術家か何か知らないが、あんなことをするなんて、非常識すぎる。

私の怒りは、あんな人物を離れに住まわせている洋一郎にまで及んだ。しかしこのことを夫人や洋一郎に告げる気はなかった。それに、宮本に対しても絶対に許さないというほどの強い気持ちはなかった。

ただ、次に同じようなことをしてきたら、二度とあんな真似ができないようにきつく対応してやろうと思った。でないと、あの大好きな庭にも出られない。あんな男のために、庭での素晴らしいひとときを失いたくはなかった。

ところが、その週は岩本家に二度訪れたものの、宮本にガツンとかましてやる機会はなかった。二度とも授業が終わった後、庭に出て時間を過ごしたが、姿を見せなかったからだ。

ゴールデンウィークが終わった週、門から母屋に向かう途中の石段で、宮本にばったり会った。

予期しない出会いに、思わず身構えてしまった。それで向こうから俯き加減で歩いてくる宮本を睨みつけたが、彼は私に目を合わせようともせず、下を向いたまますれ違った。

私は拍子抜けして、思わず後ろを振り返ったが、宮本はやや猫背で足を引きずるように歩いていた。

私を避けたというよりも、私のことを覚えていないように見えた。それで一層腹立たしさを感じた。キスを迫った相手の顔も覚えていないなんてありえない。彼にとっては、たまたま近くにいた女だからキスしてみようというだけだったのか。

それにしても前に会った時とは雰囲気があまりにも違っていた。服装も全然違う。前は黒のカットソーに短パン、胸元には派手な金色のネックレスをしていて、いかにも気取った感じだったが、今日は地味なこげ茶のブレザーを纏っているだけだ。

ただ、初めて屋敷の二階の廊下で会った時の感じに似ていた。もしかしたら芸術家によくある躁鬱《そううつ》質なのかもと思った。そういうタイプは躁の時には創作意欲も恋の情熱も激しく、一方、鬱の時は生きていくのでさえも苦しいと聞いたことがある。私にキスを迫った時は、躁の状態だったのかもしれない。

その日の夕方、私はまた庭に出た。

ゴールデンウィーク前には、まだ蕾だったバラがちらほらと咲き始めていた。ピンクがかった赤いバラだった。庭全体にバラの強い香りがしていた。

その時、後ろから「こんにちは」という声が聞こえた。

驚いて振り返ると、宮本が立っていた。私は努めて冷静に、「こんにちは」と挨拶した。

宮本は微笑みながら言った。

「バラを見ておられたんですか」

「はい」

「綺麗でしょう」

「ええ、とっても」

会話する気なんてなかったのに、彼のおだやかな話しぶりについつい普通に答えてしまった。

宮本の服装は二時間前に見たときと同じだった。黒いズボンに濃紺のシャツという地味な服装に、つい油断したのかもしれない。

なんとなく彼のペースにうまく乗せられた気がして、私は少し離れて歩いた。

池のそばの石畳の上を数歩歩いた時、足を滑らせた——転ぶ！　と思った次の瞬間、私の体は宮本に支えられていた。

彼は咄嗟《とっさ》に私の左腕を摑み、腰に手を回していた。もし彼がいなければ、私の体は池に落ちていたかもしれなかった。

宮本は、私がバランスを持ち直したのを確認すると手を離した。

「ありがとう」

「この石には苔《こけ》がついていて滑りやすいんです」

彼は足元の石を指差した。私が踏んだ部分の苔が取れていた。この石に足をかけた時から心配して見てくれていたのだろう。でなければ、あんなに素早く私の体を支えることなどできなかったはずだ。

宮本はすぐに私の手を離した。そのさりげない仕草がまた私を驚かせた。先日、強引にキスを迫ったのと同じ男とはとても思えなかった。

「バラに見とれてしまって——」

下手な言い訳をしたが、宮本は微笑みながらうなずいた。

「美しいでしょう」宮本は言った。

「ええ、とっても。それに香りがとてもいいです」

「ブルーパフュームは香りがいいことで知られています」

鼻に意識を集中させると、甘いお茶の香りがした。

「このバラは、この屋敷に住む、ある子供が丹精込めて育てているのです」

「修一君ですか？」

「違います。修一は庭なんかには興味がありません」

修一以外にこの屋敷に子供がいるのかと不思議に思ったが、何となくそれは訊いてはいけないような気がした。

宮本は私の顔を見て、にこりと笑った。

「気になりますか」

その言い方はからかうような調子に聞こえた。

「いいえ」と答えたが、宮本は私の気持ちを察したようだった。

「からかったつもりはありません」

彼はそう言って頭を下げた。

「別に隠すようなことでもないのですが――」宮本は申し訳なさそうな顔をした。「今、それを言えば、あなたはすごく混乱すると思います」

「私は一介の家庭教師です。よそ様のお宅を詮索《せんさく》するつもりはありません」

宮本は少し間を置いて、「いずれ話しましょう」と言った。私は黙ってうなずいたが、内心の戸惑いは大きくなるばかりだった。彼の態度は先週までとは豹変《ひょうへん》と言えるほどの変わりようだった。

話せば話すほど、これまでとはまるで違う。いや、違いすぎる。まるで別人だ。

「もし、よかったら」宮本が言った。「あっちのベンチに座りませんか」

なるほどと思った。そういうことか――前回は遊び人風にやってみたが、それではうまくいかないと見て、今日は紳士的にやってみようということか。

「今日はもう失礼します」

私が言うと、宮本は意外にも「はい」と言った。少し拍子抜けな感じがした。

「ごきげんよう」

宮本は爽《さわ》やかに笑うと、軽く手を振った。


二日後、私は思い切って夫人に宮本のことを訊ねた。

「奥様、少しお尋ねしたいのですが――」

勉強後の応接室でのいつもの雑談の最後に、さりげなく切り出した。

「離れにいらっしゃる方はどういう方なのですか?」

夫人は一瞬、表情を固くしたが、すぐに少し微笑みを浮かべながら言った。

「主人の弟です」

えっと思った。宮本純也はたしか岩本洋一郎にパトロンになってもらっていると言っていた。宮本の口からは「兄弟」という言葉は一言も聞いていない。しかし、たしかに彼は洋一郎と他人だとは言っていなかった。だから別に兄弟でも不思議はない。金持ちの兄が貧乏な弟を援助することは珍しくはない。ただ、苗字が違う。

「非常に優秀な人だったのですが、数年前に、体を壊して、今は自宅で療養しているのです」

私はうなずいた。

「かわいそうな人です」

夫人の表情に同情の気持ちが浮かんだ。その表情は演技ではないと思った。

「先生は、お会いになりました？」

一瞬迷ったが、正直に答えることにした。

「何度か、お庭でお会いしました」

「どうでしたか？」

夫人は試すような目で私を見た。

「どうとおっしゃられますと？」

夫人は口元にかすかな笑みを浮かべた。彼女の目は正直にお話しなさいと言っていた。私もしらばっくれるのはやめようと思った。

「すごく個性的な方のようでした」

夫人はうなずきながら、それで？　というふうに私の顔を見た。

「何か芸術家タイプに見えました」

私はカマをかけてみた。

「彼は大学の研究室で物理学を研究していました。研究生です」

私は内心の動揺を隠すのに苦労した。物理学の研究生だって？　宮本は画家と言っていた。どちらかが嘘をついているということなのだろうか。

「さきほど、お体を壊されたとおっしゃいましたが、どういうご病気なのですか?」

そう訊いてから、いささか不躾《ぶしつけ》な質問をしてしまったと思った。夫人も少し咎《とが》めるような目で私を見た。

「すみません。さしでがましいことをお訊きしました」

「いいえ。かまいません」夫人は言った。「先生が想像していらっしゃるように、あの人は心の病です」

どうリアクションしていいものか迷った。平然とうなずくことはできないし、かといって驚いて見せるのもわざとらしい。黙っていると、夫人は「けれど、統合失調症《とうごうしつちょうしょう》のようなものではありません。ちゃんと社会生活も送れます」と言った。

「ただ、今は少し休養しています」

私が沈黙していると、夫人は、不意に「彼は何と名乗っていましたか」と訊ねてきた。

「名乗るとは、お名前ですか」

「はい」

「宮本さんと名乗っておられました」

夫人は何かを考えているようだった。

「宮本純也、ですね」

「はい」

「絵を描いてると言ってましたか」

「はい。たしかそうおっしゃっていました」

夫人はまた何か考えているようだった。

「画家というのは事実ではないのですか?」

「いえ」と夫人は慌てて言った。「事実です」

そう言ってから夫人は自分の言葉の矛盾に気付いたようだったが、あえて言い訳めいたことは付け加えなかった。私もそれ以上は訊かなかった。


マンションに戻ってからも、夫人の言葉が頭から消えなかった。

いったい宮本純也とは何者なのだろうか。修一さえも彼のことは話したがらない。岩本家にとって、他人には知られたくない「人物」なのか。心の病と言っていたが、ノイローゼの一種なのか。それとももっと厄介な病気なのだろうか。頭のおかしい弟だから庭の奥の離れに閉じ込めているのだろうか。弟なら、なぜ苗字が違うのか。

ただ、画家というのが嘘とも思えない。目の前で見せてくれたクロッキーは素晴らしかった。でも夫人は大学の研究室にいたと言っていた。

寝る前になっても、宮本のことを考えている自分に驚いた。自分がこんなにも好奇心が強いことに呆れた。でも他人の家の秘密に想像を膨らませるのはやめておこうと思った。宮本純也という男性に、特に興味があるわけでもない。

その夜、珍しく早く帰ってきた康弘に、初めて宮本の話をした。家庭教師先に自称芸術家の弟が住んでいて、何度か庭で話したと言った。彼にキスを迫られたことは伏せておいた。

「ふーん」

康弘は晩酌のビールを飲みながら、興味なさそうに相槌を打った。

「単なる引きこもりじゃないの」

「奥さんの話では、昔は大学の研究室にいたらしいの。今は体を壊して療養中って」

「そんなの本当かどうかわからないじゃん」康弘は言った。「誰だって、身内の恥を正直には言わないよ」

「そうかなあ」

「年はいくつくらいなの？」

「さあ、私と同じくらいかな、もう少し上かな」

「三十前後で引き籠っていられるなんて優雅な身分だな」康弘は皮肉っぽく言った。「俺も豪邸の離れで引き籠っていたいよ。それで一日中、庭を眺めて、家庭教師にやってきた女を口説いてみたいよ」

「口説かれてないよ」

「聡子はもてないいんだな」

「失礼ね」

康弘は「ビールお代わり」と言った。私は冷蔵庫から新しいビールを持ってきた。

「しかし、ずっと引き籠っていて、あっちのほうはどうしてるんだろうな」

「知らないわよ」

「意外に、兄貴の奥さんとできてたりして」

「くだらない」

「聡子はそう言うけど、週刊誌の記者やってた経験で言うと、そういうのは珍しくもないんだよ」

私は「はいはい」と言いながら、康弘に言うんじゃなかったと思った。

「ところで、来週のどこかで空いてる日ある？」

私が訊くと、康弘は生返事をした。

「どうなの？」

「来週は難しいかな。というか、今月は、ずっと忙しい日が続いてるんだよな」

私は心の中でため息をついた。しばらく不妊治療に行っていない。

最初は一ヵ月か二ヵ月おきくらいに病院に行っていたが、一年を過ぎたくらいから回数が減った。康弘が行きたがらなくなったからだ。理解できなくもない。病院のトイレで精子を出すなんて、精神的にもきついはずだ。しかもその前は最低四十八時間は禁欲しなければならない。治療費も安くはない。これまで十回以上した人工受精の総額を考えると頭が痛くなる。

でも、不妊治療は私にとっても辛いことだった。治療や検査の痛みは耐えられる。でも治療のたびに、自分が女性として欠陥があると認識させられるのが何より嫌だった。

「それより、さ」

康弘は私の腰に手を回した。私はその手をやんわりと払った。

「今日はダメな日なの」

康弘は苦笑して、ビールを飲んだ。ダメな日というのは嘘だった。

不妊治療を始めてから康弘とはセックスをあまりしたくなくなっていた。私の体は普通にセックスしてもまず妊娠しない。それがわかってからセックスが好きではなくなった。若い頃は避妊してもしていた行為を楽しめなくなったのだ。それで、ついつい康弘に求められても拒否してしまうようになった。たまに応じる時も、私の気分が乗らないものだから、康弘もつまらないらしく、いつのまにか康弘もあまり要求しなくなった。

康弘におそらく女がいるとわかっていても、見て見ぬふりをしてきたのは、彼に悪いという気持ちがあったからかもしれない。

ただ、こんな状態が続くのがよくないのはわかっていた。だから早く子供が欲しかった。

3

翌週から、しばらく庭には出なかった。

家庭教師が終わると、早々に引き揚げた。宮本純也に会いたくなかったからだ。あの美しい庭を見られないのは少しさびしかったが、宮本に会うくらいなら我慢できた。

そうして三週間近く経つと、宮本のことも忘れてしまった。その間、夫人との会話の中で宮本の話題は一度も出なかった。

修一の学力は目覚ましいほどについた。彼が通っている学習塾での算数の成績は回を重ねるごとによくなった。私の力というつもりはないが、家庭教師を始めてから成績が上がったのは嬉しかった。

五月の終わり、いつものように家庭教師を終えて夫人と話していると、彼女から封筒を渡された。センターに支払う謝礼とは別の特別ボーナスだという。私は断ったが、夫人は受け取ってもらわないと主人に叱られると言った。それで仕方なく頂戴した。

その日、久しぶりに庭に出たのは、そうした気分の良さも手伝ってのことだったと思う。たった三週間ほど見ない間に、庭はまた趣《おもむき》をがらりと変えていた。

それまで緑の中に埋没していた蕾が色とりどりの花を咲かせていた。今や一面に赤やピンク、黄色といった鮮やかな色で覆われていた。自然の移り変わりが見事に演出された庭だった。実際の自然でもこうはいかないかもと思った。

ふと「自然が芸術を模倣する」という言葉を思い出した。たしか大学の美学の授業だった。いや、哲学の時間だったか。あれは誰が言った言葉だったのだろう。どんな授業かも覚えていないが、妙にその言葉だけが頭に残っていた。そう言えば「絵のように美しい」という言葉もある。本来、自然の美しさを「絵」で描くのに、「絵のように美しい」なんて、奇妙な表現だ。

そんなことをぼんやり考えながら庭を散策していると、木立の中から宮本がやってくるのが見えた。

私は少し警戒しながら、彼の今日の気分はどちらだろうと思った。数メートル近くまで来たとき、宮本は「やあ」と言って、笑みを浮かべた。少なくとも鬱ではないようだ。でも躁の方が厄介だ。

「前にも会いましたね」

おかしな言い方をするなと思いながら、私は「ええ」と答えた。

宮本は足を止め、バラの葉にそっと触れた。

「水が足りない」

宮本は庭の散水栓まで行くと、バルブを捻《ひね》った。庭のあちこちから水がシャワーのように出た。

「池の橋の上に移動してください」

宮本に言われて、私は橋の上に移動した。その直後、私がそれまで立っていたところに水が飛んだ。庭にいくつかある散水機は回転しながら、庭にまんべんなく水を撒《ま》いた。

私は水をよけながら、ベンチのところまで歩き、そこに座った。

まもなく宮本がやってきて私の隣に座った。

「濡《ぬ》れませんでしたか」

「大丈夫です」

「よかった」

宮本はにこやかに笑った。

「珍しいな」宮本は呟《つぶや》くように言った。「彼女が水をやるのを忘れるなんて」

彼女と言うのは、前に言っていた庭の世話をしている子供のことかなと思った。彼女と言うからには女の子だが、その子は誰かという質問はしなかった。もしかしたら宮本の頭の中にいる「女の子」なのかもしれないと思ったからだ。

「バラが綺麗に咲いてますね」

私が言うと、宮本は「ちょっと待っててください」と言って、屋敷の方に向かった。しばらくして戻ってくると、剪定ばさみで何本かのバラを切り、それを大きな紙でくるんで、私に差し出した。

「どうぞ」

「いいんですか」

宮本は笑ってうなずいた。私の腕の中にある赤いバラはどれも鮮明な色だった。思わずため息が出るほど美しかった。

「毎日、水を替えると、驚くほど長持ちします」

「ありがとうございます」

「喜んで貰えたら、バラも嬉しいでしょう」

私は花束に鼻を近づけて匂いをかいだ。バラ特有の華やかな香りがした。

それにしても、と思った。宮本はこの前からまるで人が違っている。とても紳士的で、礼儀正しい。口調も違えば、全体の雰囲気も違う。まるで別人だ。

夫人が言った「心の病」という言葉が頭に浮かんだ。その病とは気分が別人のように変化する病なのだろうか。

そんなことを考えながら、ぼんやりと池の鯉を眺めた。

「宮本さんは――」と私は言った。「岩本さんの弟さんなのですか?」

宮本は質問には答えなかった。私は別の質問をした。

「以前は、大学の研究室におられたのですか?」

宮本は小さなため息をついた。

「そう言えば、あなたは――」

宮本は少し間を置いて続けた。「宮本純也に会ったのでしたね」

この人は何を言ってるのだろうと思った。

「おかしなことを言ったように聞こえましたか」

「はい、少し」

宮本は微笑んだ。

「私は宮本ではありません」

私は笑いながら、「ああ、そうですか」と言った。

「ぼくの名前は村田タクヤです。卓越の卓に也と書きます」

「それはペンネームか何かですか?」

「違います」

「じゃあ、宮本純也というのがペンネームなんですね」

「私は宮本ではないと言いました」

私は苦笑した。

「じゃあ、私が会った宮本さんは誰ですか?」

村田と名乗る男は、それには答えなかった。その顔には笑みがなかった。あれ、と思った。

私はどこかで何か勘違いをしたのか。

「お二人は、その――とても似ていらっしゃいます」

「似てますか？」

村田は私の顔を睨むように見た。

正面からじっと見据えられて急に緊張した。しかし気持ちを奮い立たせて彼の顔を見つめた。

その時、心の中で、あっと叫んだ。全然、別人だ！　似てはいるが、はっきりと違う。

「――違います」

私はそう言いながら、頭が混乱してきた。なぜ村田と宮本を同じ男と間違えたのだろうと思った。いや、その前に、この家には宮本と村田という二人の男がいたということに驚いた。

「すみません」と私は言った。「似ていたので、つい」

自分の顔が赤くほてってくるのがわかった。

「御兄弟、ですか？」

「いいえ、違います。でも、あなたがぼくと宮本を間違えたのには、理由がありますす」

村田はわずかに笑みを浮かべながら言った。

「実は、村田卓也という人物も、宮本純也という人物も、実際には存在しない男なんです」

「存在してるように見えますけど」

私は少し笑いながら言ったが、村田は笑わなかった。

その真剣な表情を見て、彼が冗談を言ったのではないとわかった。その途端、何とも言えない気味悪さが私を包んだ。前に夫人が言っていた「心の病」という言葉が脳裏に浮かんだからだ。

「前に、家の中の廊下で男を見ませんでしたか？　それから、門の近くで、俯き加減で歩いている男に出会いませんでしたか？」

私はうなずいた。

「彼が、この家の主である岩本洋一郎の弟、ヒロシです。今年三十一歳になります」

また新しい人物の登場だ。でも私が見たその男は宮本純也のはずだ。いったい村田は何を言おうとしているのだろうか。なぜ、そんな意味不明なことを言うのかわからなかった。

こんな話は早々に切り上げて帰るべきだと思った。しかしなぜかベンチから立てなかった。彼の奇妙な話を最後まで聞きたいという気持ちに勝てなかったのだ。

「あなたのおっしゃってるのは、私が門の石段ですれ違った人ですね？」

私はあらためて確認した。

「そう」

「その方が岩本さん？」

「そう」

「私は宮本さんだと思った」

村田は首を横に振った。

「彼は宮本純也ではない。岩本ヒロシです。広い志と書きます」

私はおそるおそる訊ねた。

「村田さんでもないんですね」

「違います」

「なぜ、あなたは私がすれ違ったことを知っているのですか？」

「見ていたからです」村田は言った。「すぐそばでね」

私は曖昧にうなずいた。

「わかりやすく言いましょう。岩本広志はカイリセイドウイツセイショウガイです」

一瞬、頭の中で文字が浮かばなかった。「何とおっしゃいました？」

「解離性同一性障害です」村田はゆっくりと言った。「岩本広志は幼少の頃から、その病気を患《わずら》っていました。様々な人格が彼自身を乗っ取っているのです」

「それって――」私は慎重に言った。「多重人格のことですか」

「そうです」

村田の言ったことを真に受けていいものかどうか迷った。

多重人格という概念は知っている。しかしもちろんこれまでの人生でそんな人には会ったこともないし、会ったという知人の話も聞いたことがない。夫人が言っていた「心の病」というのは、このことだろうか。

しかし本人が「自分は多重人格だ」と名乗ったからと言って、それをそのまま鵜呑《うの》みにするほど私は素直ではない。もしかしたら多重人格という妄想にとりつかれた「心の病」かもしれない。

沈黙していると、村田は言った。

「信用できないという顔をしていますね」

「いいえ」私は慌てて言った。「ただ、あまりに驚いて――」

「わかりますよ。誰だって、多重人格者を見れば、驚くでしょう。すぐには信じられないのも無理はない」

「多重人格って、どういうものか知らないので――」

「わかりやすく説明してあげたいと思いますが、私が解離性同一性障害者だからといって、うまく説明できるとは限りません。癌患者が癌の仕組みがどういうものか説明できないようにね」

村田は悪戯《いたずら》っぽく笑った。

「でも、癌患者がそうであるように、私も自分の症状を語ることはできます」

その言い方に私もつい笑ってしまった。

「ただ、この話は長いです。何から話しましょうか」

村田は空を見上げながら呟くように言った。

その時、後方で物音がした。振り返ると、夫人が立っていた。

「先生、お茶を淹《い》れたのですが、いかがですか?」

私はどう答えようか一瞬迷った。夫人は村田も誘うだろうか。夫人の視線は村田の方には向かなかった。でも夫人が彼を誘うかどうかまで私が気にする必要はない。

「ありがとうございます。いただきます」

そう言うと、夫人は、「リビングでお待ちしています」と言って、くるりと背中を向けた。振り返ると、ベンチには村田の姿はなかった。

帰宅する電車に揺られながら、村田卓也と名乗った男から聞いた話をずっと考えていた。あまりにも突飛な話で、とても本当とは思えない。しかし、あの時、夫人が珍しくお茶に誘ったのも不自然と言えば不自然だ。夫人は特に何か話があるわけではなかった。普通にお茶を飲んで、修一の勉強の進捗《しんちょく》状況を話題にしただけだった。夫人は、私と村田が話しているのを快く思わなかったのだろうか。多重人格の話題をしてほしくなかったのだろうか。

多重人格の話は小説や映画ではよくある。しかし現実にそんなものが存在するのだろうか。村田卓也の言葉を信じるなら、彼自身が岩本広志とは別の人格の男ということだ。そして戸籍名が岩本広志なら、村田卓也は本当の人格ではない。同じように宮本純也もまた作られた人格だ。冷静に考えると、こんな馬鹿な話はない。一人の人間の中に別の人間が二人も存在するなんて、SF映画だ。

第一、作られた人格が、あんなふうに自分は多重人格だなどと客観的に話せるものだろうか。それに戸籍もないのに自分で勝手に名前を名乗ること自体がナンセンスだ。村田卓也自身は、そのことを不思議に感じないのだろうか。本当の人格が広志であるなら、卓也は新たに生み出された人格だ。なのに、その人格があんなふうに詳《くわ》しく説明するなんて、どう見てもおかしい。真面目に考えれば考えるほど、矛盾が生じてくる。

しかしすべてが嘘と考えると、何もおかしなことはない。適当についた嘘なら矛盾も不合理もいくらでもある。

家に着く頃には、どうやらかつがれたらしいという結論に達していた。何のことはない、宮本純也という男にからかわれただけのことだ。いや、宮本純也なる人物は最初から存在しない。すべては岩本広志という人物が適当に作り上げたキャラクターに過ぎない。

夫人は屋敷にいる男は洋一郎の弟だと言っていた。だとすれば岩本が本名だろうし、宮本純也も村田卓也も彼がでっちあげたキャラクターだろう。廊下で見た暗い人物も、池のほとりに佇《たたず》んでいた謎めいた人物も、全部、演技と考えれば、何の不自然もない。それが私の関心を惹《ひ》くためだとしたら、どんな奇矯なことでも不思議はない。

そういえば、高校生の頃は、好きな異性の関心を惹くために、おかしなキャラを演じる男子生徒がいた。まともな大人ならそんなくだらないことは思いつきもしないだろうが、心が病んでいる男なら、それもあるだろう。

そう考えると、一瞬でも信じかけた自分が腹立たしかった。それくらい「村田卓也」なる人物の話しぶりは誠実そうに見えた。性格は別にして、あの演技力は見事なものだわ、と思った。

＊

二日後、岩本家を訪問した時、もう二度と岩本広志とは話をしないと決めていた。「彼」の本当の名前は知らなかったが、私の中では「岩本広志」ということにしていた。

それで、修一との勉強を終えた後も、お気に入りの庭には出なかった。岩本広志と顔を合わせたくなかったからだ。

それから二週間あまり、私は仕事を淡々とこなした。

休憩中にも窓辺から庭を眺めたりはしなかった。窓の方を見上げる彼と目を合わせることなどは万が一にも避けたかった。

その週の土曜日の朝十時過ぎ、携帯電話に見知らぬ番号から着信があった。基本的に知らない番号からの電話には出ないことにしているが、すぐに同じ番号から三回着信があった。私は少し迷ったが、三回目の電話に出た。

「村田です」

誰のことかすぐにはわからなかった。

「どちらの村田さんですか?」

「岩本の家にいる村田卓也です」

それで初めて気が付いた。

「岩本さんではないのですか」

少し沈黙があった。

「この電話番号はどうして知ったのですか?」

私の問いに、岩本は「修一に訊きました」と答えた。

「あなたは岩本さんでしょう?」

「私は村田卓也です」

彼のしつこさに少々あきれたが、こんなことを議論しても仕方がない。

「何のご用でしょうか?」

「もし今日のお昼、お時間があれば、会いませんか?」

岩本は単刀直入に言った。

「いいですけど」

そう答えた自分に少し驚いた。

「では、十四時に新宿でいかがでしょう?」

「はい」

待ち合わせ場所は西口のKホテルのロビーにした。

電話を切った後、自分に言い訳した。これは好奇心だ。岩本広志がどんなふうに多重人格者を演じるのか見てみたいと思ったのだ、と。それは本心でもあった。

私は午前中に家事を済ませて軽い昼食を摂ると、ジーンズに薄手のジャケットを羽織ってマンションを出た。わざわざ着替えるほどの気分ではなかったからだ。

家から新宿までは中央線で約十分だ。

岩本は時間よりも二十分も早くに来た。それがわかったのは私も同じ時刻に着いたからだ。

彼はスーツを着ていた。痩《や》せ形の体型に似合っていた。一見すると丸の内あたりにいる一流企業のサラリーマンに見える。

「早いですね」と岩本は言った。

「岩本さんこそ」

私が岩本さんと呼んでも彼は表情を変えなかった。ということは、やはり本名は岩本なのか。

「私は基本的に待ち合わせの十五分前には着くようにしています。相手を待たせるのが嫌ですから。でも今日は早く着きすぎました」

「私もです」

岩本はにっこりと笑った。

二人は一階のコーヒーラウンジに入った。私は紅茶、彼はレモネードのホットを頼んだ。

「修一が梅田先生のことを話していました」

「なんと言ってたのですか?」

「とても優しい先生だから、大好きだって――」

「全然そんなことないですよ。むしろ厳しい方だと思ってます」

「修一は繊細で鋭い子です。だから滅多に人になつきません。だから彼が好きというだけで、素敵な人です」

どう答えていいのかわからなくて困った。

「先日の話の続きをしましょうか」

私はうなずいた。ここに来たのはその話を聞きたかったからだ。岩本の話を本当だと思っているわけではなかったが、彼がどんなストーリーを語るのかは気になった。でも、それは自分に対する言い訳で、もしかしたら私は多重人格そのものに興味があるのかもしれない。いやちょっと違うな、と私は心の中で言った。あくまで彼の語る多重人格の物語に興味があるだけだ。

「岩本広志は、長い間、自分が多重人格ということに気付いていませんでした」

「そうなんですか？」

岩本は自分を三人称で呼んだが、そのことは指摘しなかった。

「広志はずっと、自分は時々、記憶が飛ぶという自覚しかありませんでした」

「記憶が飛ぶ？」

岩本はうなずいた。

「他の人格が現れている時、広志にはその間の記憶がありません。なぜなら、別の人格が心を乗っ取っているからです」

その時、ウエイターが紅茶とレモネードを持ってきた。

岩本はレモネードをスプーンでかきまぜた。

「子供の頃は単に記憶が飛ぶだけでした。別人格もそれほど現れなかったからです。でも十代の後半から二十代になると、別人格が頻繁《ひんぱん》に現れるようになったのです。そして、広志の肉体と心を支配する時間も増えてきました。以前はせいぜい数十分から一時間程度だったのが、数時間、ときには数日にわたるようになりました。つまり広志の知らないところで、自由な行動を取り始めたのです」

何とも奇妙な話だった。こんな話を素直に受け取れというほうが無理だが、私は黙って聞いていた。本音を言えば、話そのものは面白かった。

「自分に知らない時間があるということが、どんなことか想像がつきますか？」

「いいえ」

「たとえば、数時間の記憶がない。あるいは昨日の記憶が丸々ない」

岩本はレモネードを飲みながら続けた。

「記憶がないだけじゃないです。ある日、自分の部屋に買った覚えのない本や品物がある。ある時は、財布の中身が減っている。また別のある時は、クローゼットの中に見覚えのない服がある」

「すごく怖いですね」

知らず知らずの間に聞き入っている自分がいた。岩本はそんな私の気持ちを察したかのように、微笑んだ。

「不気味でしょう」

「それって、酔って記憶を失くした時に似ていますね」

岩本は悪戯っぽい笑みを浮かべた。

「そういうことがあったのですか？」

「若い時は何度か――」

「酔ってそうなった場合は、原因がわかっていますよね。でも、広志の場合は原因がわからない。その恐怖は大変なものでした」

「そうでしょうね」

「もっと怖いことがあります。たとえば、今こうしてホテルのラウンジにいると思っていたのに、気が付いたら、知らない町並みを歩いていたとしたら？　おかしいと思って時計を見たら、数日が過ぎていたとしたら？　その時、体に覚えのない傷跡があったとしたら？」

想像して思わず背筋が寒くなった。いつのまにか岩本の語る世界に引きずり込まれていた。

多重人格者は、そういう恐怖と暮らしていかなければならないのか。

「友人たちが、お前はこんなことをした、あんなことを言った、と言う。自分にはまるで記憶がないのに。あるいは、道を歩いていて、見知らぬ人から話しかけられる。また突然見知らぬ人から親しげな電話がかかってきたりメールがあったりする」

一瞬、気味の悪い想像をした。もし自分が多重人格者で、もう一人の人格が好き勝手な行動を取っていて、たとえばそれが性的な行為だったりしたら――。見知らぬ男と性的な関係を結んでいるのがわかったりしたら、パニックをきたすほどの恐怖だろう。

「岩本さんが大学を辞めたのはそのせいですか」

「本人は度重なる記憶喪失でノイローゼとなりました」

彼はまるで第三者のことを語るように言った。

「そしてある日、暴力事件を起こしてしまったのです。同僚を殴ったのです」

彼は少し悲しげな顔をした。

「それが原因で研究室にいられなくなりました。そして、心療内科を訪ねました」

私はうなずきながら、いつのまにか岩本広志なる人物が多重人格者であるという前提のもとに話を聞いていることに気付いた。彼の話には真実のみが持つ迫真性が感じられた――嘘でこんな話ができるだろうか。でも、理性の一部が、私の耳元で「騙《だま》されちゃだめよ」とずっと囁《ささや》いていた。

「すぐに多重人格とわかったのですか？」

と私は岩本に訊ねた。岩本は静かに首を横に振った。

「なかなかわかりませんでした。日本にはまだ解離性同一性障害の実例は非常に少なく、精神科医の中には、その病気が実在することに懐疑的な医者が多かったからです」

そうだろうなと思った。多重人格なんて、ドラマか何かにしか存在しないように思える。精神科医たちが疑ったということが、私に安心感を与えた。でも奇妙なことに、それでかえって、岩本の話は本当かもしれないとも思った。

「もう一つ、医者が見抜けなかった理由は、最初はなかなか医者の前で他の人格が姿を現さなかったからです」

「どうしてですか？」

「どうして？」

岩本は私の言葉を繰り返した。そしてかすかに苦笑しながら、噛《か》んで含めるような口調で言った。

「解離性同一性障害と診断されれば、病気と看做《みな》されます。ですが、多重人格者たちは自分が病気とは思っていません」

私は曖昧にうなずいた。

「広志の中に存在する人たちは皆、個性と人格を持った存在です。理解していただけましたか」

私はすぐに、はいとは言えなかった。頭の中で疑問符がいくつも渦巻き、話を整理するのにひと苦労だった。こんな奇妙な話をすんなりと受け入れられるほど、私の頭は柔軟にはできていない。岩本はまるで多重人格者が実在するものとして話しているが、はたしてその前提は正しいのだろうか。もしかしたら、私はからかわれているだけかもしれない。

「ちょっと待ってください」と私は言った。「あなたは――岩本さんではないのですか」

「違いますよ」岩本は言った。「私は村田卓也です」

私はうなずいていいのかどうか迷った。

「ロビーで会ったときからずっと村田です。あなたはずっと岩本広志と思っていたようですが」

その瞬間、私は奇妙な感覚に襲われた。周囲の世界が少し歪《ゆが》んだような気がした。

「それって――本来の人格では、ないのですよね」

岩本は初めて少し顔をしかめた。

「本来の人格ではない、という言葉は愉快ではないですね。私は一個の実在している人格ですから。あなたはこうして私と話していて、私には人格がないように見えますか？」

私は少し間を置いて、小さな声で「いいえ」と答えた。

「あなたを非難しているわけではありません。あなたが疑うのも無理はありません。でも、これだけは忘れないでほしいのです。私はちゃんと名前も持っているし、それなりの教養も常識もわきまえているつもりです。岩本広志とはまったく別の人間なんです」

言うことのすべてを受け入れることはできなかったが、黙ってうなずくしかなかった。

岩本はにっこりと笑うと、「それでは、このへんで失礼します」と言った。

私は少々あっけにとられた。

「すみません。そろそろ戻らないといけないんです。かなり無理してやってきたので」

岩本はウインクして見せると、さっと椅子から立ち上がり、伝票を持ってテーブルを離れた。

私は椅子に座ったまま、ぼんやりと岩本の後ろ姿を眺めていた。

テーブルに目をやると、岩本のレモネードのグラスは空になっていた。丸々残っていた紅茶を口に運ぶと、すっかり冷えていた。

4

その夜、遅く帰ってきた康弘に、昼間の出来事を語った。

康弘には大分前に一度、宮本の話をしていただけだったから、一連の出来事をまとめて話すのに少々時間がかかった。

いつもは私の話を適当にしか聞かない康弘が、珍しく真剣に耳を傾けた。

「すごく興味深い話ではあるけど――」

話を聞き終えた康弘は言った。

「多重人格というのはアメリカの都市伝説じゃないかなあ」

「都市伝説？」

「ぼくはそう思ってる」

康弘はビールを飲みながら言った。

夫は驚くほど知識が豊富だ。本人いわく「雑学の帝王」だ。週刊誌の記者時代にそれが一層パワーアップしたらしい。

「そもそも多重人格という病気は二十世紀に生まれた病気なんだ」

「そうなの」

「いや、厳密にはそうとは断定できないけど、二十世紀後半にアメリカで、突然、雨後の竹の子のように増えだした」

「エイズみたいね」

「エイズ発生の地はアフリカと言われているけど」康弘は訂正を入れた。「ただ、初めて症例が発見されて報告されたのは一九八〇年代のアメリカだけどね」

「じゃあ、エイズはアメリカが発生地じゃないの」

「まあ、諸説あってね」康弘は苦笑した。「それはともかく、エイズはウイルスが発見されている。でも多重人格はウイルスも発見されていない」

「心の病にウイルスはないでしょう」

「だから、心の病気というのは曖昧なものなんだ。犯罪事件の精神鑑定でも、医者の鑑定が真っ二つに分かれるなんてことはよくある。一方の専門家が病気と診断しても、もう一方の専門家が病気ではない、と断定する」

「それで専門家というのは変ね」

「たしかに」康弘はおかしそうに笑った。「どう言ってもいいんなら、そんなのは学問じゃないし、専門家じゃないよな」

夫はそこでひとまず話を戻した。

「さっき、ぼくは多重人格がアメリカで生まれた病気だと言ったね」

「うん」

「多重人格者は一九八〇年代から急に増えているんだけど、七〇年代にビリー・ミリガン事件が起こったことが大きいんじゃないかな」

「その名前、聞いたことがあるわ。誰だっけ？」

「連続婦女暴行と強盗事件の犯人だよ。ただ、普通の犯罪者じゃなかった。裁判の過程で多重人格者であることが明らかになって、全米に衝撃を与えたんだ。そのことを書いた『24人のビリー・ミリガン』が大ベストセラーになってから、突然、アメリカ中に夥《おびただ》しい数の多重人格者が現れ始めた。精神科医のもとに、私は多重人格者かもしれないという患者が次々とやってきたんだ。これ以降、それまでほとんど報告されなかった、多重人格という非常に珍しい症例が、凄《すさ》まじい勢いで報告されていくんだ」

「それはどういうことなの？」

「暗示による一種の流行とも言える」

「なるほどね」

「非常に暗示にかかりやすい人が、多重人格という病気があると知って、自分ももしかしたら多重人格ではないかと考えても不思議じゃない。そうでも考えないと、二十世紀になって突然増えるなんてこと考えられないよ」

私はうなずいた。

「聡子が知ってるかどうかは知らないけど、アメリカは精神分析がすごく人気がある国なんだ。人間関係や仕事がうまくいかなかったりしたら、気軽に精神分析を受ける。ぼくらが風邪で病院に行くみたいに」

「その話はよく聞くね」

「で、精神分析医は、患者の日常生活のトラブルの原因を幼少時のトラウマに求める。幼い頃に体験した恐ろしい記憶が抑圧されているせいで、何かがうまくいかない、というわけだ。でも、そのトラウマを探す方法と言うのが、催眠療法なんだけど、これが結構危険なんだ」

「何が危険なの？」

「医者はトラウマがあると信じているから、それを見つけようとして、質問が一種の誘導尋問みたいになってしまうんだ。つまり最初から精神分析医が答えを予想し、その答えに導くように質問を繰り返す。そうすると、本当は起こっていない体験の記憶も思い出すということになる。『24人のビリー・ミリガン』で多重人格の存在を知った精神分析医が、カウンセリングする時に、目の前にいる患者は多重人格者かもしれないという予断をしていることもあるんじゃないかな。だから、多重人格は医原病だという専門家もいる」

「医原病って何？」

「診療が原因で病気に感染することだけど、多重人格の場合は、セラピストが催眠術などによって、患者自身に多重人格であるという暗示を植え付けることによって、実際にそういう状態になってしまう」

そう言われれば、そういうことも大いにありそうな気がした。

「多重人格が人類が太古から持っていた疾患なら、昔からそういう報告がいくらでもあったはずだ。でもギリシャ時代でもローマ時代でも、あるいは中国でも日本でも、そういう病気の記録はない。多重人格が普通にある病気なら、世界各地でその症例が書き残されているはずだよ」

「違う病名で書き記されてきたんじゃないの？」

「鋭いね」康弘は笑った。「そういう考え方もある。エイズもアメリカで発見される三十年も前から、アフリカでは『痩《や》せ病』と呼ばれていた病気だったんだ。だから多重人格も昔は別の名前で呼ばれていた、と」

「そうそう」

「実際そういう説もある。たとえば日本では『狐憑《きつねつ》き』とか、西洋では『悪魔憑き』とか、ね。でも、それらは多重人格とは違う。いわば広義のヒステリーかな」

「ヒステリーって？」

「女性が癇癪《かんしゃく》を起こすヒステリーじゃないよ。ヒステリーというのは、もともと精神医学の用語なんだ。身体的にはまったく異常がないにもかかわらず、体が動かなくなったり、目が見えなくなったり、病気にそっくりな症状が出たりするんだ」

「クララの足が動かないみたいなもの？」

「アルプスの少女ハイジの話か」康弘は笑った。「それも多分、医学的にはヒステリーだな」

「それで、ヒステリーは治るの？」

「ヒステリーは一種の自己暗示みたいなものだから、暗示を解けば治る。ぼくが思うに、祈禱《きとう》師とかエクソシストというのは、そういう暗示を解く職業だったんじゃないかな。当時の文化では坊主や神父には、狐や悪魔を追い払う能力があったと思われていたから、暗示を解く力もあったと思う」

「つまり、暗示にかかった人たちも、そういう人に頼めば、体の中の狐や悪魔を追い払ってもらえると思っていたのね」

「そう。でも現代では狐憑きも悪魔憑きも迷信と思われている。その代わり、近代の精神科医は多重人格を実在する病気と認めてしまった。医学がお墨付きを与えた病気だから、誰でも大っぴらにその病気になれる。こういう考え方は暴論かな」

「よくわからない」

「日本でも、鬱病は心の風邪みたいなものだから誰でもかかる、という説が一般的になってから、全国的に鬱病患者が爆発的に増えた。子供たちの引きこもりも同じだよ。繊細な子供なら引きこもりになってもおかしくないなどと言い出す専門家が増えてから、引きこもりが激増した」

　康弘の論理はかなり強引に思えたが、一面の真理はあるような気がした。たしかに、思いこみということなら、そうかもしれない。

康弘が私の太股に手を置いてきた。私はその手をぴしゃりと叩《たた》いた。

「えへへ」

康弘は笑いながらも、手をのけようとはせず、私のスカートの中に入れてきた。私はつま楊枝で彼の腕を突いた。

「いてえ！」康弘は慌てて手を引っ込めた。「何すんだよ」

「大事な話の途中にやめて」

「じゃあ、話が終わってからね」

私は返事をしなかった。

「でもね」と康弘は言った。「たいていの人間は多重人格なんじゃないかな？」

「どういう意味？」

「だって、人は接する相手によって態度を変えるだろう。ふだんはすごく優しい女性なのに、ある時には鬼のように怖くなる。これって、極端に言えば多重人格じゃない？」

「それ、皮肉？」

「半分は皮肉だけど、半分はマジだよ。人っていろんな性格を持ってるんだと思う。それは人によって使い分けるだけじゃなくて、同じ相手でも状況によって変化する。それが人間というもので、むしろ機械みたいにぶれない方が不気味な人間じゃないかな」

「でもね、康弘」と私は言った。「たまにお酒が入ると性格が変わる人がいるじゃない。ふだんはものすごく大人しい人なのに、とんでもなく乱暴で攻撃的な性格になったり。しかもそれを覚えていない。それって、ほとんど完全な多重人格になるんじゃない？」

「なるほどなあ」

「お酒でそうなるなら、お酒がなくてもそうなる人がいても不思議じゃないんじゃない？」

康弘は、うーんと言ったきり黙ってしまった。

「今、話していて気になったんだけど――」と私は言った。

「なんだい？」

「お酒が入ると性格が変わる人って、どちらが本当の性格なの？」

「難しい質問だな。アルコールが入ると、ふだん抑えている性格が出てくるとも言われるね。いつもは抑制している性格が解き放たれて前面に出てくるとも」

「お酒が入るとスケベになる男が多いけど、それも同じ？」

康弘は苦笑した。

「それは女性だってそうだよ。素面《しらふ》では簡単にラブホテルなんか行かない女性でも、お酒を飲むと、男に誘われるままにほいほい行く女がいるだろう。それって抑えている性欲がアルコールのせいで噴き出したってことにならない？」

「女の場合はちょっと違うような気もするけど」

康弘はニヤニヤ笑った。

「話を戻すとね」私は言った。「康弘の論で言えば、抑制している性格が表れるということは、そっちが本当の性格なんじゃないの」

「そうかもしれない。けど、ふだんは抑制できるなら、そっちが本当の性格とも言える」

「どうして？」

「人は誰でも、したいことを我慢してる。本当はやりたくてもやれないことはいっぱいある。仕事もさぼりたいし、嫌いな人間には面と向かって嫌いだと言ってやりたい、好きなことを好きな時にしたい。人のものを欲しいと思うこともあるし、人を殺してやりたいと思うことだってある。けど、たいていの人は我慢して生きている。その我慢しているということを含めて、その人の性格じゃないかな？　だからアルコールでそうした抑制の一部が外れたとしても、それをもって本当の性格というのは違うんじゃないかな」

「康弘、頭いいわね」

「珍しく褒めてくれたね」

「私は前から康弘は頭がいいと思ってるよ」

康弘はえへへと笑いながら、また私のスカートの中に手を入れてきた。私は押し戻すのも面倒くさくなってそのままにしておいたが、康弘も飽きてしまったのか、まもなく手を引っ込めてビールを飲んだ。

私は立ち上がって、キッチンに向かった。

食器を洗いながら、頭の中で康弘の言葉を反芻《はんすう》した。たしかに一人の人間の中に複数の性格があっても全然不思議ではない。おそらく私自身の中にも矛盾する性格があるんだろう。その時の気分や、接する相手によって、様々な性格が飛び出しているのだと思う。勝ち気な時もあれば、反対に弱気な時もある。それが人間だ。

でも、どんな自分が出ていても、記憶から消えたりはしない。別の性格がそれぞれ別の記憶と時間を持ってるなんて、考えられない。康弘の「多重人格なんて存在しない」という言葉は正しいように思えた。

でも、私が直接会って話をした宮本純也と村田卓也は、表情も話し方もまるで違っていた。それもヒステリーなのだろうか。あるいはヒステリーではなく、演技なのだろうか。

あれが演技なら、岩本広志は天才的な役者だ。宮本純也も村田卓也も完全に別の人間として演じ切っていた。それはそれで、すごく魅力的ではないだろうか――そう思った時、少し慌てた。「魅力的」という言葉が頭の中で妖しく響いたからだ。

＊

岩本広志と新宿で会った翌週、家庭教師を終えて、いつものように夫人に修一の授業の進捗状況を話した後、思い切って彼について訊ねた。

「この前、庭で宮本純也さんに会ったのですが――」

私はこう切り出した。

「あの方の本名は何というのですか？」

夫人は一瞬、返答に詰まった。それから、探るような目で私を見た。

た。

「いいえ。ただ、本名は違うみたいなことをおっしゃっていました」

嘘だったが、それくらいは許されるだろう。新宿で村田と会ったことを言うつもりはなかった。

夫人は小さくため息をついた。

「宮本の本名は、岩本広志です」そう言ってから、言い訳のように続けた。「宮本純也というのは、一種のペンネームみたいなものです」

やはり岩本広志が本名だった。少なくとも村田卓也は、そのことに関しては嘘はついていなかった。

しかし多重人格であるかどうかまではわからない。さすがに夫人に、岩本広志さんは多重人格なのかとは訊けなかった。

「心の病とおっしゃっていましたね」

私が訊ねると、夫人はうなずいた。

「それって、鬱病かノイローゼのようなものなのでしょうか」

夫人は首を横に振った。私は次の言葉を待ったが、彼女はそれっきり何も言わなかった。

「今日もお庭を見せていただいてもいいでしょうか?」

「それはかまいませんよ」

夫人はそう言ったが、すぐに皮肉っぽく、「もうさんざんご覧になったのに、まだ見たいのですか」と言った。

「とても素敵なお庭で、ベンチに腰掛けているだけで、心が落ち着きます」

夫人は何も言わなかった。

その後、私はいつものように応接室から庭に出た。

この日、庭に出たのは、「村田卓也」に会いたかったからだ。康弘の言葉がずっと頭に残っていて、それを確かめたかった。もっとも精神科医でもない私が、実際に彼を観察しても本当のところがわかるはずはない。でも、もう一度話せば、何となくわかるのではないかという気がした。

しかしこの日、村田に会うことはできなかった。庭の木々の中を歩いたり、池のほとりの木のベンチに腰掛けて彼を待ったが、私に近づいて来る人は誰もいなかった。

少しがっかりした気分で庭を後にした。

村田卓也、いや岩本広志は、もう私に興味を失ったのだろうか。いや、それは考えられない。わざわざ電話をして会いたいと言ってきたのだ。それに多重人格の話をしたのも、私に関心があるからに違いない。

岩本広志にはその後も会えなかった。もちろん宮本純也にも村田卓也にもだ。あれだけ頻繁に「彼ら」は姿を見せていたのに、突然、この家からかき消えたようだった。

会えない日が続くと、彼らのことがとても気になった。「彼ら」と言ったが、一番会いたいのは村田卓也だ。いや、岩本広志が演じている「村田卓也」というキャラクターと言うべきか。だから庭に出て、彼に会えないとすごくがっかりした。そして次に庭に出る時は、今度こそ、という期待が高まった。

何度か繰り返すうちに、その感情は恋に似ている気がした。それに気付いた時、もしかすると、岩本の手なのかもしれないとも思った。謎めいたキャラクターを演じ分けて、女性の気を惹き、さらにこちらが少し興味を持ったところで、しばらく遠ざかる――。

まるで幼稚な駆け引きのように思えたが、そんな手にまんまと乗っている自分が腹立たしかった。村田のことが気になって仕方がない自分に気付いて、気分が悪かった。なんだか、村田卓也こと岩本広志の手の内で転がされているような気がした。もちろん、恋なんかしていないという確信はある。ただ、気になるのだ。

私の携帯には村田卓也の携帯電話の番号が残っている。彼に会いたければ、この電話にかければいいのだが、いかにも相手の思い通りな感じがして嫌だった。それに、村田卓也本人が出るとは限らないという気持ちもあった。

多重人格の話は信じていなかったが、心の一部にもしかしたら真実かもしれないという気持ちがあった。彼が本当に多重人格なら、電話には別の人が出る可能性もある。もし岩本広志や宮本純也が出たりしたら厄介だ。宮本ならまだ何とかなるが、一度も話したことがない岩本が出たりしたら、何を話せばいいのかわからない――。

そんなことを考えること自体が、彼の思うツボのような気がして少し癪に障《さわ》ったが、自分から電話をするつもりは絶対になかった。

家庭教師に行っても、庭に出ないと決めた。イライラするだけだと気付いたからだ。岩本家に行く時は、仕事だけに集中しようと思った。屋敷の主人の弟のことなんか、私には関係ない話だ。そう割り切ってからは気持ちが楽になった。

季節はちょうど梅雨を迎えていて、岩本家を訪れる時はたいてい雨が降っていた。それで庭には一度も出ることなく、修一に算数を教えた後は、夫人と少し話をして、早々に辞去した。あれ以来、岩本広志についての話題が出ることもなかった。

そんなある日、家庭教師を終えて、傘をさして屋敷を出て門まで歩いていると、後ろから「先生」と声をかけられた。振り向くと、洋一郎だった。

「ご無沙汰しています」

「こちらこそです」

まさかこんなところで洋一郎に会うとは思っていなかった。

「よかったら新宿まで送りましょうか。今から都心に出るところなんで」

少し迷った。おそらく新宿へは電車を使った方が早い。

「どうぞ、遠慮なく。ついでですから」

洋一郎は私が気を遣っていると思ったらしく、さっさと車庫の方に向かった。

私は仕方なく後ろに続いた。強い雨の中を駅まで歩くことを思うと、車でのんびり帰るのもいいかなと思った。

　屋根つきの広いガレージには赤と黒の二台のベンツが並んでいた。洋一郎はそのうちの大きな黒いベンツに乗り込んだ。車に詳しくないのでクラスまではわからなかったが、おそらく最上級グレードのやつだろう。左ハンドルの車に乗るのは初めてだったから、右の助手席は少々いごこちが悪かった。

「修一はどうですか?」

　家を出てしばらく走ると、洋一郎が訊いた。

「優秀な生徒です。集中力がすごくあります」私は言った。「それに理解力もあります」

「でも、なぜか算数だけができない」

　どう言おうか迷ったが、はっきり言うことに決めた。

「低学年の時に数の概念をしっかり身につけてこなかった気がします」

「うむ」

「ですから、最初はそれをしっかり教えました。少し遠回りしましたが、それがよかったと思っています」

「先生のお蔭で算数の学力が飛躍的に上がりました」

「ありがとうございます」

「でも、低学年の時に、ですか――」洋一郎は少し考えるふうに言った。「心あたりがないわけじゃないな」

「なんですか」

「小学校に入学した年に、算数を私が教えたんです。その時、なかなか答えを出せない息子を怒鳴ってしまいましてね」

それで腑《ふ》に落ちた。修一は時々、問に行き詰まった時に、小さなパニックを起こす。落ち着いて考えれば簡単にわかる問題でも、もうだめだと諦《あきら》めてしまうところがあった。父親に怒鳴られたことがトラウマになっていると考えるとわかりやすい。しかし横に座ってハンドルを握っている紳士が、子供がトラウマになるほど怒鳴りつける図が想像できなかった。でも人は見かけによらない。意外に激昂《げっこう》するタイプなのかもしれない。

「話は変わるのですが――」と私は言った。

「どうぞ」

「広志さんは、岩本さんの弟さんなのですね」

「広志に会ったのですか？」

洋一郎はちらっと私を見た。

「はい。お庭で何度か」

「どんな話をしました？」

「特には――挨拶くらいです」

「あいつには近寄らない方がいいです」

意外な言葉に、何と答えていいのかわからなかった。

「広志はね」と洋一郎は吐き捨てるように言った。「岩本家の恥ですよ」

「恥、なんですか?」

「家内から聞いていませんか、広志のこと」

「心の病と伺っています」

洋一郎は、ふんと鼻をならした。

「広志自身はなんか言ってました?」

どう答えようかと迷ったが、正直に「本人は多重人格とおっしゃっていました」と言った。

「広志は多重人格者なんかじゃありませんよ。あれは全部、演技ですよ」

驚いて思わず洋一郎の顔を見た。彼は運転しながら横目でちらっと私を見た。

「びっくりしたでしょう」

「はい。でも、なんのために?」

「さあね」洋一郎は言った。「そこまでは知りませんが、おそらくは関心を惹きたいんじゃないですか」

「関心?」

「ほら、よく虚言癖の人っているでしょう。自己顕示欲のためだけに嘘をつくという人間が。あれみたいなものなんじゃないかな」

私は同意も反論もしなかった。

「たとえば、思春期に、こんなことを思ったことないですか。自分は、本当はもっと違う性格なんだとか。そういう意識が強い人間は、よく演技する、あれと同じですよ。自分が謎めいて見えるように演出してるんでしょう。多重人格なんて言うと、何となくミステリアスで魅力的に見えないこともないでしょう」

「魅力的には見えません」

「そうですか。でも、先生は彼に少し関心があるのでしょう」

「いいえ」

洋一郎は皮肉っぽく笑った。

「関心がないなら、私に広志のことを訊ねたりしないでしょう。語るに落ちるとはこのことじゃないですか」

私は返事をしなかった。洋一郎の言い方が不快だったこともあるが、それよりも広志の詐病《さびょう》の可能性について考えていた。

5

翌週、家庭教師を終え、玄関から門までの石畳を歩いていると、目の前に黒い傘をさした背の高い痩せた男の背中が見えた。私は緊張した。

私は、男の数メートル後ろを、そんな必要もないのに足音を立てないように歩いた。男は鉄製の門扉を開けた時、後ろにいる私に気付いた。男は岩本広志だった。私は黙って軽く会釈した。岩本は無表情で小さく頭を下げた。その表情を見て、「村田卓也」ではないと思った。少なくとも今日は村田卓也の気分ではないようだった。

門を出ると、私と岩本は並んで歩く形になった。

岩本は話しかけたそうな素振りだったが、私は黙っていた。自分から話しかける気はなかった。二人とも傘をさしていたため、距離が詰まらないのが幸いだった。

歩きながら、そう言えば、岩本広志とは一度も会話を交わしたことがないと気が付いた。私が話したのは宮本純也と村田卓也——あるいはその二人に扮した岩本広志だ。素の岩本広志とは一度も話したことはない。その時、もう一人、私に植木鉢を投げた男がいたことを思い出した。あれも岩本が演じる一人なのだろうか。それとも多重人格の一つなのだろうか。

雨の中を私と岩本は閑静な住宅街を黙って歩いた。車はまったく通らなかった。周囲の屋敷はどこも大きく、塀の内側には庭の木が見えた。時折、びっくりするくらいの大きな木もあった。それらもおそらく世田谷区の保存樹木なのだろう。

少し広い通りに出た。道は車道と歩道に分かれていて、狭い歩道に入った私たちの距離が詰まった。

横を歩く岩本をちらちらと眺めながら、彼は今、何を考えているのだろうかと思った。どんなキャラクターで私に話しかけようかと思っているのだろうか。私が帰るタイミングで門の近くに現れたのは偶然ではないだろう。私と話したがっているのは間違いない。

やがて駅が近づいてきた。駅に着くまでには必ず声をかけてくる——どうやって声をかけてくるかと思うと、少し緊張した。

ところが岩本は駅まで来ても無言のままだった。彼はホームへは入らず、駅のアーケードを抜けると、そのまま反対側へ歩いて行った。

急に緊張が解けるとともに、自意識過剰に呆れて苦笑した。

二日後、家庭教師の仕事を終えて屋敷を出たところで、再び岩本と会った。この日は午前中は雨が降っていたが、午後からは止《や》んでいた。

続けて岩本に会う偶然に少し不自然さを感じたが、深く考えないようにした。好きな女の子を待つ中学生みたいにタイミングをはかっていたのかどうかはわからないが、どうでもいい。ところが、門を出て通りを少し歩いたところで、岩本から声をかけられた。

「梅田先生ですよね」

岩本はおずおずと訊ねた。宮本とも村田とも違う気弱な声だった。

「そうです」

私は答えながら、岩本とどう接していいのか迷った。

彼が多重人格者だと信じているわけではないが、実質的には初めて会話を交わす「相手」だ。村田卓也と話した時と同じではまずいだろう。それに岩本も初対面のように声をかけてきた。態度を保留して、訊かれた時だけ返事をしようと決めた。

岩本も最初に話しかけた後は何も言わなかった。二人は先日と同じように黙って歩いた。

今日、門のところで岩本と会ったのは偶然ではない。彼は私と話すためにタイミングを合わせて家を出たのだ。おそらく二日前もそうだ。でも話す勇気がなかったので、今日、再挑戦したのだろう。私の自意識過剰ではなかったのだ。

岩本が私に話しかけようとしているのは、はっきりと感じた。何度か息を吸い込む音が聞こえた。しかし声が出ないようだった。

まるで中学生みたいだと思った瞬間、岩本は本当に多重人格かもしれないと思った。

宮本純也も村田卓也も、自然に話しかけてきた。岩本にその勇気が出ないということは、彼が宮本や村田ではないということじゃないだろうか。全然別の性格を持った男——つまり解離性同一性障害ではないのか。そう思った途端、俄《にわ》かに緊張してきた。見知らぬ男が横を歩いているという意識が芽生えたからだ。

いや待てよ、と考え直した。これもすべて演技だとしたら——。気弱な男のふりをするのは、それほど難しいことではない。

いくら考えてもわからないので、少しいらいらしてきた。それで思い切って、私から話しかけた。

「岩本広志さんですね」

「はい」

岩本は丁寧に答えたが、その声は幾分強張っていた。

「お話しするのは、初めてですね」

「はい」

「もし、よろしかったら、どこかでお茶でも飲みませんか」

岩本の顔がぱっと輝いた。まるで生まれて初めて女の子に誘われた男の子のようだった。

広志を誘ったのは好奇心からだ。彼が本当に多重人格者なのかたしかめたいと思ったのだ。

「どちらに行きましょう?」岩本が聞いた。

「駅前に、喫茶店がいくつもありますよね」

岩本はうなずいた。

それから二人とも駅までの道を黙って歩いた。聞きたいことはいくつもあったが、店に入ってからゆっくり話をすればいい。それで黙っていたのだが、岩本の沈黙の理由はわからない。緊張して話せないのか、それとも無口なタイプなのか、あるいは別に不安なことがあったのかもしれない。

横を歩く男が本当に多重人格なのかどうかぼんやりと考えた。岩本には、別の人格が現れているときの記憶はないと、村田卓也は言っていた。それが本当だとすれば、岩本は私が村田や宮本と会って話をしていることは知らないはずだ。

でも、岩本が自分は多重人格者であると認識しているなら、私が他の人格と会って話をしている可能性があると考えておかしくない。岩本の不安は、自分の解離性同一性障害を私が知っているのかどうかにあったのかもしれない。

しかし彼は何も尋ねなかった。もしかしたら訊く勇気がないのかもしれない。なら、私から言うべきなのだろうか、「あなたの他の人格と話したことがある」と。でももし彼がそんなつもりでなかったら、余計に不安に陥《おとしい》れることになる。

迷った末、自分からは何も言わないと決めた。あくまで初対面として接しよう。他の人格のことは、今は忘れよう。

大きな通りに出た。駅まではもうすぐだ。その時、隣を歩く岩本の歩みが幾分ゆっくりになったのに気が付いた。彼の息がかすかに上がっていた。そっと窺《うかが》うと、表情が硬くなっている。すごく緊張しているのだとわかった。

駅が近づくにつれて彼の緊張は増していくようだった。何か話しかけて気持ちをほぐそうかなとも思ったが、いい言葉が思い浮かばなかった。

駅前のスターバックスコーヒーの前で立ち止まった。

「入りましょう」

私が誘うと、広志は、小さな声で、「あの――」と言った。

「急に用事を思い出しました」

訊き返す前に、広志は「失礼します」と言って、来た道を引き返していった。

私は呆気《あっけ》にとられて、彼の後ろ姿を見ていた。


岩本と別れた後、ホームに入ると、すぐに新宿行きの急行が来た。電車に乗ったところで、突然、携帯電話が鳴った。

発信者の表示を見ると、前に登録した村田卓也の名前だった。さっき駅で別れたばかりの岩本が電話をかけてきたのだろうか、それとも――。

恐る恐る電話を取った。

「ああ、ぼくだけど」

その声は岩本ではなかった。つい今しがたまで一緒にいたから違いははっきりとわかる。

「もしもし、聞こえてる?」

声の主は宮本純也だった。軽い感じの喋《しゃべ》り方に特徴がある。

私は少し混乱した。岩本と別れた直後に、純也から電話がかかってくるとは思いもよらなかったからだ。純也からこれまで一度も電話がきたことはない。なぜ、今このタイミングでかけてきたのだろうか。

「もしもーし、聡子さん」

「聞こえています」

私は周囲を気にして、携帯電話を手で覆いながら、小さな声で言った。「今、電車の中なんです」

「ああ、そうなの？　もう電車に乗っちゃったんだ」

純也は明るい声で言った。

「宮本さん、ですよね」

「あ、ぼくのこと、声でわかってくれたんだね。嬉しいなあ」

「なんで私の携帯の番号を知ってるんですか？」

「なんでって、ぼくの携帯に入ってるじゃない」

携帯電話はそれぞれの人格がパスワードでロックしているのではないようだった。もし多重人格なら、ということだが。

「アドレス帳に私の名前が入っていたんですか？」

「いや」と純也は言った。「西田和弘《かずひろ》となっていた」

思わず笑いそうになった。女を男名前で登録するなんて、妻に隠れて浮気する男みたいだ。

「どうして私だとわかったの」

「記憶にない名前だったからね。広志か卓也が最近知り合った人物となると、思い浮かぶのは聡子さんしかいない」

純也は自分の推理を自慢するように言った。

「それで？」

「今から、お茶でも飲まない？」宮本は言った。「次の駅で降りて戻って来てよ」

黙っていると、宮本は「何なら、ぼくがその駅まで行ってもいいよ」と言った。

「いいです。私が戻ります」

「本当？　じゃあ待ってるよ」

電話を切ってから、妙に興奮している自分に気付いた。今別れたばかりの岩本と会うことがすごく刺激的に思えた。彼は私と別れた後に、突然、宮本になったのだろうか。そもそも、宮本になるってどういうことなのだろう。


元の駅に戻ると、改札を出たところで宮本純也が待っていた。

「戻って来てくれてありがとう」

純也は快活に言った。私はその顔を見ながら、岩本広志ではないと思った。

顔そのものは瓜《うり》二つだが、表情が違う。何より全体の雰囲気がまるで別人だった。とても演技には見えない。

ただ、服はさっき広志が着ていたグレーのブレザーのままだった。

「今日は地味な服装なんですね」

「近所に散歩に出ただけなんで、間に合わせの服を着てきたんだ」

「そういう服の方が似合うわよ」

純也は少し顔をしかめた。そして自分のブレザーの襟を見ながら言った。

「ださくて嫌いな服なんだ。一番着たくない服を着てるとはついてないや」

私が笑うと、純也も苦笑いした。

二人は駅前のスターバックスに入った。私は紅茶、純也はコーヒーを頼んだ。

「ところで、梅田さんは何してたの？」

テーブルについた途端、純也が訊いた。

「家庭教師が終わって帰るところだった」

「お疲れさん」

「どうも」

「家庭教師も大変だね」

「別に——仕事だから」

私は適当に答えながら、純也ははたして岩本広志のもう一つのキャラクターなのだろうかとずっと考えていた。こうして話していると、全然別人のようにしか見えない。でも、俳優が様様な役を演じるように、やろうと思えばそれくらいできそうな気もする。

「それにしては随分遅いんじゃない？」

「そう？」

「誰かとデートしてたんじゃないの？」

「いいえ」

純也が悪戯っぽく笑った。

「おかしいと思わない？」

「何を？」

「もう一度会いたいって言ってきたこと」

「何のこと？」

「さっきまで広志と一緒だったろう」

瞬間的に、いいえと言いかけたが、かろうじてその言葉を飲み込んだ。純也が事実を知っていて言ったとすれば、ここでとぼけるのはあまりにも馬鹿げている。それともカマをかけたのだろうか。少し混乱してどう答えていいのかわからなかった。

純也は私の狼狽《ろうばい》を嬉しそうに眺めていた。

私は黙ったまま、これはどういうことなのだろうと考えた。私と広志が一緒にいたことを純也が知っているということは、やっぱり一人の人間の演技なのか。でも、演技ならこんなふうにネタばらしをするだろうか。それとも多重人格者の純也は、岩本広志としての意識もあるのだろうか。

「やっぱり、知っていたんだね」

純也は顔から笑顔を消すと、ぽつりと言った。

「広志が多重人格ということを、君は知っていたんだ」

私はあえて答えなかった。

「どうなの？」と純也は重ねて訊いた。

「そういう話は聞いています」

「そうだと思ったよ」純也はため息をついた。「さっきの電話の会話で、知ってるなと思った」

私は曖昧にうなずいた。

「じゃあ、ぼくが広志のもう一つの人格ということも知っているんだね」

「話だけ聞いてます」

「どうして知らないふりをしてたの？」

「隠していたわけじゃありません。言う必要がないと思っただけです」

「どうして？」

「あなたからそれを打ち明けられていないのに、私が言う理由がないでしょう」

「なるほど」

「私も一つ聞いてもいい？」

純也はどうぞ、というふうにうなずいた。

「あなたには、その——岩本広志さんの行動が見えているの？」

「見えてるよ。広志の行動は全部見えてる」

「なぜ、広志さんの行動がわかるの？」

「なぜって——」純也はわかりきったことを聞かれたような顔をした。「見えてるから、だよ」

全然理解できない話だったが、私は黙ってうなずいた。

「行動だけじゃないよ。あいつの考えていることもだいたいわかる。あいつは君が気になって仕方がないんだ。いや、はっきり言うと惚《ほ》れてる」

「心の中がわかるのはどうして？」

「それも、見えてるからだよ」

「どうして心が見えるの？」

「見えるからだよ」純也はいらいらしたように言った。「当たり前じゃない」

純也にとっては当然らしいが、私にはそれが自明のこととは思えなかった。

「ぼくが多重人格って、誰に聞いたの？　雅子さん？」

「奥さまは何もおっしゃっていません」

「じゃあ、誰に聞いたの？　広志は何も言ってないしね」

「村田卓也さんに聞きました」

その名前を出した途端、純也は露骨に顔を歪めた。

「卓也か！」

純也は吐き捨てるように言った。

「そうか、あいつか」

純也の表情に敵意のようなものが浮かぶのを見て、私は驚いた。

「君は卓也にも会っていたのか？」

私はまた混乱した。純也は卓也の行動が見えないのだろうか。広志の行動は見えているのに。

「あなたは卓也さんのことは見えないの？」

その瞬間、純也はまるで自尊心を傷つけられたみたいな表情になった。

「あいつはずるい男だ」純也は言った。「ぼくたちに内緒でこそこそ動き回る」

純也が「俺たち」という言葉を使ったのが気になった。俺たちとは何のことだろう。広志と自分という意味か。

「卓也はどこまで喋った？」

「細かいことは聞いていません。ただ、広志さんは多重人格者で、村田卓也さん自身も分かれた人格の一つだと――」

その時、後ろから若い女の子たちのけたたましい笑い声が聞こえた。見ると、数人の女子高生たちが雑誌をテーブルに広げてはしゃいでいた。よほど面白い記事でもあったのか、店内に響くほどの大声で笑っている。

見かねて誰かが注意した。すると突然、女子高生たちと一緒にいた二人の若い男が「馬鹿野郎！」と怒鳴り返した。

「笑うのは勝手だろう。殴られたいのか！」

彼らに注意したサラリーマン風の中年男は、無視してコーヒーを飲んだ。

「おいこら、そこのオヤジ、お前に言ってるんだよ。何とか言えよ」

二人とも二十歳前後の若者で、一人は金髪、もう一人は茶髪だった。耳にいくつもピアスした典型的な不良だ。

「おい、タコ、何とか言えよ」

私はいたたまれない気持ちになった。

「ねえ、出ましょう」

小さな声で、純也に言った。

しかし純也はずっと若者たちの方を見ていて、私の声が聞こえていないようだった。もう一度、声をかけようとした時、純也は突然、立ち上がった。

「お前ら、ええ加減にせいよ！」

純也は若い男たちに向かって、店の外まで聞こえるかのような大声で怒鳴った。耳が痛くなるほどのすごい声だったが、それ以上に驚いたのは純也のあまりの剣幕だった。

純也は若い男の方へ近づくと、いきなり彼らのテーブルを足で蹴り倒した。コップの割れる音と女子高生たちの悲鳴が聞こえた。

「なめたこと抜かしとったら、しばきまわすぞ！」

純也はそう言うと、金髪の男の胸ぐらを摑んだ。

「われやな、ぶち殺したろか」

純也の目は吊り上がり、口元は大きく歪み、顔中の筋肉が怒りでぶるぶると震えていた。猛《たけ》り狂った闘犬みたいだった。

金髪の男は、それでも、「なんだよ！」といきがった。その直後、純也は男の顔を殴った。男は二メートルも吹っ飛んだ。華奢《きやしや》な純也が殴ったとは思えないほどのすごいパンチだった。もう一人いた茶髪の男は純也に向かっていく気力も失せたらしく、がたがた震えていた。

「去《い》ね！」

純也は怒鳴った。

茶髪の男は床に倒れている男を助け起こして、女子高生たちと一緒に店を出た。

私が近づくと、純也は振り返った。その顔を見た瞬間、純也ではないと思った。顔つきがまるで違う。純也も見知らぬ誰かを見るように怪訝《けげん》な目で私を見た。私は彼に声をかけていいものかどうか迷った。

次の瞬間、彼は憑き物が落ちたように呆《ほう》けた顔になった。全身から殺気のようなオーラが消え、腑抜けのような顔で立っていた。まるで自分がどこにいるのかわからないような感じだった。

彼は周囲をぼんやりと見渡し、私の姿を見つけた。表情が微妙に変化した。

「梅田さん――」

彼は小さな声で呟いた。その口調と声の感じは広志のものだった。いつのまにか純也は消え、広志になっていたのだ。

私はすばやく彼に近づくと、腕を取って、店の出口に向かった。彼は私に引っ張られるように店の外に出た。店の誰も私たち二人に声をかけなかった。

「ぼくは——何かしたのかな」

広志が不安そうに言ったが、私は答えずに、彼の腕を取ったまま急いで歩いた。店の向かいに交番が見えたから、面倒なことになる前にできるだけ駅から離れようと思ったのだ。

「ちょっと、ぼんやりしていて——」

広志は私に引かれるまま、言い訳するように言った。「考えごとをしていたんだ」

駅からかなり離れてから、ようやく彼の腕を離した。

「何も覚えてないの？」

私は立ち止まって彼に訊いた。

「いや、覚えています」と広志は言った。「テーブルをひっくり返したんですよね」

私は広志の顔を見た。彼はバツが悪そうな表情をした。

「躓《つまず》いてしまったのかな」

広志は不安そうに私の顔を見た。

「本当に考えごとをしていたんだ」

その言い方で、彼が何も覚えていないことがわかった。

「大丈夫。お客の一人がひっくり返ってテーブルが倒れたの」

安心させるようにそう言うと、広志は初めてほっとした顔をした。

「何も覚えてないの？」

広志はうなずいた。

「ガラスの割れる音がして――」広志は言った。「女性の悲鳴が聞こえた」

それから少し考えて顔をしかめた。

「誰かが怒鳴る声も聞こえた。喧嘩《けんか》でもあったんですか」

「店で喧嘩があったの。それであなたが座っていた隣のテーブルが倒れたのよ」

広志は、そうかというふうにうなずいた。

「考えごとをしていて、気付かなかった」広志は言った。「ぼくは時々、何かに夢中になると、心ここにあらずになってしまうんです。人と話していても、全然、覚えていないことがたまにあるんです」

広志は言い訳するように言ったが、その気持ちは理解できた。私と別れた直後に純也と入れ代わった広志には、その間の記憶がない。つまり彼にしてみれば、私と別れたはずなのに、気がついたらまた私といたことになる。それで記憶がないことを取り繕《つくろ》うために、考えごとをしていたと繰り返したのだ。

でもいくつか気になることがある。広志は男の怒鳴り声を聞いたと言った。コップが割れる音と女の子たちの悲鳴が聞こえたとも言った。すると、彼の人格は完全に消えていたわけではなかったことになる。それとも、眠っていても大きな物音が聞こえたら、うっすらと記憶に残るようなものなのだろうか。

その時、急に雨が降ってきた。私はバッグから折りたたみの傘を出して、広志にさしかけたが、彼は遠慮するように後ずさった。

「もう帰らないと――」

広志は言った。

「どこかで、もう少し話をしませんか」

「いや、もう帰らないと」

広志は明らかにこの場から立ち去りたがっていた。私もそれ以上は引き留めなかった。黙っていると、広志はさよならも言わずに雨の中を濡れながら帰っていった。私はその後ろ姿を眺めながら、彼が多重人格者であることをほとんど確信していた。

不思議な気持ちでいっぱいだった。広志の世界はいったいどんな世界なのだろう。

おそらく彼の中にはいくつかの人格があるのだろう。そして常に「他人」に体と心を乗っ取られている。その間の記憶は彼にはない。自分に戻った時、来た覚えのない場所にいたりもする。その時の衝撃は想像を絶するものだろう。記憶の欠落が数分程度のことなら、何ほどのこともない。そんなことなら私でもしょっちゅうある。でもそれが数時間なら？　あるいは数日なら？　あるいはそれ以上なら？　その間、自分がどこでどう過ごしていたのだろうと考えたら、恐怖以外の何物でもない！

時には、今みたいに、別れたはずの人とまた一緒にいるということだってある。そんな時、私ならどうするだろう。おそらく何も語らずに、考えごとをしていたふりでもするだろう。あるいは一方的に別の話題を持ち出すかもしれない。いずれにしても、一刻も早くその場を立ち去りたいと願うはずだ。広志が早く帰りたがったのも当然だ。

広志は自分が多重人格者であることを知っている。それを知った時の驚きは大変なものだったろう。もし私の中に見知らぬ他人が何人もいて、彼女たちが私の肉体を使って、勝手なことをしていたら――ショックからとても立ち直れそうにない。

でも、長い間、記憶の欠落に悩んできた広志にとっては、むしろ原因が解明したことで救われた思いだったかもしれない。

不意に、さっき店で暴《あば》れたのは誰だろうという疑問が浮かんだ。あれはおそらく純也ではない。彼はあんな乱暴をする人間には見えない。その証拠に最初は、あの不良たちを見ようともしなかった。まるであの場から消えたいと思っているように見えた。

その時、あっと思った。純也が消えたいと思ったから、別の人格が出てきたのではないか。だとすれば、あの暴力をふるったのは、広志の中にいる別のもう一人の男だ。だから、若い男を殴った後、「彼」はまるで見知らぬ女のように、私を見たのだ。

いったい広志の中には何人の男がいるのだろうか。

＊

「びっくりする話だけど、それだけで多重人格かどうかはわからないな」

私の話を聞き終えた康弘は言った。

私たちは彼の会社の近くにある居酒屋にいた。昼間の出来事があまりにも衝撃的だったので、どうしても康弘に話を聞いてもらいたくて、わざわざ呼び出したのだ。校了に追われているという彼は今夜は会社に泊まる予定だったが、一時間だけならと会社を抜けて来てくれた。

「あなたは見てないからね」

「いや、見てたとしても、信じないな」

「頑固ね」

「もしもだよ」康弘は言った。「多重人格という病気が認められたら、刑法が変わる可能性がある」

「どういうこと？」

「現在の刑法39条は、心神喪失者は罪が問われないことになっている。たとえば統合失調症と認められれば、たとえ人を殺しても無罪になる」

康弘は週刊誌の記者をしていただけに、そういう話は詳しい。

「しかしだよ。もし、人を殺したのが、別の人格だということになれば、これは心神喪失者と同じ扱いになるんじゃないかな。だって本人には自覚がないんだから、責任能力を問えないことになる」

「難しくて、わかんないわ」

康弘はウーロン茶を飲んだ。この後、会社に戻るのでアルコールは我慢したのだ。

「前にも言った、ビリー・ミリガンは多重人格が認められて無罪になった。まあ、いかにもアメリカらしいけどね」

「日本ではどうなの？」

「一九八〇年代に、幼女連続殺人事件があった。Mという青年が捕まった」

「そのMが多重人格だったと言うの」

「精神鑑定をしたMの弁護士は、彼が多重人格者であると主張した」

「多重人格だったの？」

「何人かの専門家が多重人格者であると鑑定した。いくつかの人格は口調も仕草も性格もまったく異なっていたらしい。筆跡鑑定しても、別の筆跡だと証明された」

「それって多重人格じゃないの」

「裁判所は認めなかった。ただ、今でもMは多重人格者であると主張する精神科医は多いらしい。一方で彼は多重人格者を装ったと鑑定した専門家も大勢いた。ある人物が演技しているかそうでないかなんて、誰がきっちりと判定できる？」

「本当のところはどうだったの？」

「神のみぞ知る、だね」

康弘はウインクして見せた。それからウーロン茶を飲んだ。

「もし裁判所が多重人格と認めたら、無罪になったの？」

「うーん、それはわからない。でも、刑法39条にあてはまるかどうかで、すごくややこしい問題になった可能性もある。裁判所はそれを避けたとも言われている」

「実際に、それで無罪になったケースはあるの？」

「Mの裁判と同じ頃に、たしか一例あったはずだよ。女が別れた男を包丁で刺した事件だったけど、多重人格が認められて、不起訴になった。殺人事件じゃなかったから、もしかしたら検察が逃げたのかもしれない。もしMが多重人格者と鑑定されていたら、あれだけの事件だっただけに、ものすごくややこしい裁判になったんじゃないかな」

「そんなことがあったのね」

私が生ビールを飲むと、康弘は恨《うら》めしそうに見ながら唐揚げを一つ食べた。

「ぼくの個人的な意見は、前にも言ったと思うけど、多重人格というのは迷信だと思う。一人の人間の中に別の人格があるなんて信じられない」

康弘はウーロン茶をお代わりした。

「多重人格者に見える人間は、異常に思い込みの強い人間か、強いヒステリー性格だろう。たとえば、統合失調症の人間は、しばしば強い妄想に捉われるらしい。自分は多重人格だと妄想するということもあるんじゃないかな」

「なるほど」

「それに、演技性人格障害というのもある」

「何それ？」

「日常生活で役者みたいに演技する病気だよ。趣味でやるんじゃないよ。明らかに病気なんだ。全然、自分とは違う人間を演じてしまう。虚言症もそのタイプの一つだよ」

「そんな病気もあるのね」

「思い込みの例を挙げれば、恐山《おそれざん》のイタコもそうだろう。死者の魂が乗り移って喋るというけど、あれなんか思い込みとヒステリーの典型だろう。まさか、本当に霊が乗り移ってるわけがない。乗り移っていると主張する人もいるけどね」

「でも、本人が完全に思い込んで、実際にいくつもの人格があれば、それはやっぱり多重人格と言っていいんじゃないの」

康弘は苦笑した。

「そりゃまあ、本人が思い込んで、完璧なキャラクターを作り出しているのを、多重人格と呼ぶなら、そうだろうね」

私は思わず考え込んでしまった。

康弘は残りの唐揚げを全部食べてしまうと、またウーロン茶を頼んだ。

「聡子が会った男だけど」と康弘は言った。「ぼくは全部演技じゃないかなと思ってる」

「演技？　何のために」

「聡子の関心を惹くためだよ。ミステリアスに見せて、自分に興味を持たせる」

「まさか――中学生じゃあるまいし」

「引きこもりの男の精神年齢は中学生くらいかもしれないよ」

「もう少し大人よ」

「えらくかばうじゃないか」康弘がニヤニヤして訊いた。「聡子は彼に関心があるの？」

「興味深いのはたしかよ。康弘だって実際に見たら、興味津々になるわ」

「いや、俺が言うのはそんなんじゃなくて、もしかして惚れてる？」

「惚れるわけないでしょう！」私は言った。「康弘とは違うから」

康弘はまずい方向に話題を振ってしまったと思ったのか、とぼけたふりしてウーロン茶を飲んだ。

それから突然、腕時計を見て、「もう戻らないと」と言って、立ち上がった。そして「この続きは、また今度」と言い残して、慌ただしく会社に戻って行った。

一人残った私は康弘の言葉を反芻していた。演技云々は有り得ないが、非常に強い思い込み、あるいはヒステリーと言われればそうかもしれない。

なぜか無性に村田卓也に会いたかった。彼からもっと詳しい話を聞きたいと思った。

6

二日後、私は岩本家を訪れた。

家庭教師をしながらも心ここにあらずの状態だった。修一が問題を解いている間、頭の中でずっと広志のことを考えていた。

広志は本当に多重人格なのだろうか。康弘の言うように、自分は多重人格者だと思い込んでいるだけなのだろうか。あるいは無意識のヒステリーか。それとも、本当はすべて演技で、目的は私の気を惹くこと？　もしそうだとすれば、それは大成功だ。私は広志という人間に強い関心を持ち始めている。でも、手間暇かけてそんなことをする男なんているだろうか。康弘はいると言ったが、私にはそうは思えない。

「先生、できたよ」

修一に言われて、はっとした。

私は慌てて修一の答えをチェックした。角度を求める図形の問題で、答えは合っていたが、式が間違っていた。算数は式が重要だ。大切なのは考え方で、それをしっかり理解することだ。仮に答えが間違っていても式さえ正しければ、大きな失敗ではない。

私は修一にヒントを与えて、もう一度考えてみるように言った。修一はすぐに正しい式を導き出した。頭の良い子だ。

修一が正しい式を立て、あらためて計算し直している姿を見ながら、現実世界では、式があっていても答えが間違っていれば、何にもならないということに気が付いた。

一時間勉強して、いつものように少し休憩時間を取った。修一は珍しくゲームで遊ばずに、今、読んでいるマンガのストーリーを夢中になって語った。

修一の話が一段落した時、私は「広志さんて、どんな人？」と訊ねた。

修一が一瞬黙ったのを見て、やはりこの家では彼の話はタブーなのかなと思った。別の話題に変えようとしたとき、修一が口を開いた。

「おじさんは優しい人だよ」

私は修一の顔を見た。彼は少し困ったような顔をした。

「みんな、あまりよく言わないけど、本当は優しい人なんだ。小さい時は、よく遊んでもらった」

「体を悪くされたのね」

修一はうなずいた。

「実は、先生も広志さんと会って話したことがあるの」

修一は用心深く私の顔を覗《のぞ》き込んだ。その表情を見て、私が会ったのは誰なのだろうかと考えているのがわかった。おそらく修一も広志が多重人格者であることを知っている。

「広志さんにはいくつかキャラクターがあるわね」

私の質問に、修一はうなずいた。

「ぼくは広志さんが好き」

修一がぼそりと言った。私はうなずいたが、言葉の意味を取り違えていた。修一はすぐ言った。

「あとの人は好きじゃない」

修一は他の人格と比べて言ったのだ。あとの人というからには、おそらく複数の人を指しているのだろう。その中には村田卓也もいるのだろうか。

「村田卓也さんって知ってる？」

修一は「多分」と言った。

「一人だけ優しい人がいる。その人かな？」

私は「絵を描いている人？」と訊いてみた。修一は首を振った。

「あの人は嫌い」

宮本純也が修一に嫌われているとわかって、少しおかしかった。

「修一君は皆の名前を知ってるの？」

「知らない」修一は言った。「ママとかは知ってるみたいだけど」

私はうなずきながら、この話はこれ以上はしないでおこうと思った。

「さあ、休憩時間は終わったし、後半戦にいこうか」

私が言うと、修一は「はい」と力強く答えた。


その日、私は久しぶりに庭に出た。

庭に出たのはおよそ三週間ぶりだ。いつのまにか季節は七月に入っていた。初夏の庭は春よりも花が多かった。でも、前に咲いていたところにはもう花はなかった。以前は咲いていなかったところに花があった。バラの花ももうどこにもなかった。花が咲いている期間は実は思っているよりも短いことに、今更ながら気が付いた。

庭を最も美しく彩っているのは紫陽花《あじさい》だった。築山の周囲に植わっていたのが紫陽花だとは花が咲くまで気付かなかった。

私はベンチに腰かけて、美しい紫陽花を眺めながら、村田卓也がやってくるのを待った。

「彼」はおそらく木立の向こうの古い洋館にいる。ベンチに座っている私を見つけたら必ずやってくるだろう。でも、私を見つけるのは純也かもしれない。あるいは広志か。もしかしたら、別の誰かかも——。

次第に緊張してくるのがわかった。こんな気持ちは初めてだ。こうしてベンチに腰かけて男が声をかけてくるのを待つなんて——。別に恋しているわけでもないのに。

そう考えて、本当かなと思った。自分はまったく恋していないのだろうかと自問した。うん、恋はしていない。でも——彼に大いに興味はある。それはそうだ。もし多重人格者なら、一生に一度会えるかどうかわからないのだから。

背後から静かな足音が聞えた。私は目を閉じて、誰の足音か聴き分けようと思った。しかしそれは無理だった。足音はやがて止まった。

「梅田さん——」

村田卓也の声だとわかった。振り返ると、はたして卓也が立っていた。彼はにっこりと笑った。

「村田さん、ね?」

卓也は微笑みを浮かべたままうなずいた。私は声を聴いただけで卓也とわかったことに、驚いていた。そしてそのことに少しどきどきした。

「先日は驚いたでしょう?」

「えっ」

「純也が突然暴れたことです」

「ずっと見ていたのですか?」

卓也はうなずいた。

「あれは純也さんじゃないですよね」

「もちろんです。純也には暴力的なところはありません。彼はタケシという男です」

卓也は淡々と語った。

「タケシは怒ると手がつけられません。彼が暴れて事件になったことは何度もあります」

「前に大学の研究室で暴力をふるったとおっしゃっていましたが、それもタケシさんだったのですか?」

卓也は辛そうな顔でうなずいた。

「タケシはしばしば暴力をふるいます。でも、本人は非常に正義感の強い男なのです」

私はうなずいた。たしかに先日のスタバでの暴力も、ゆきすぎた正義感ゆえとも言えた。

「でも暴力はよくありません。それに大きな代償をともないます。そして、たいていの場合、それを引き受けるのは広志です」

そういえばスタバでも、突然、岩本広志が戻ってきた。あの時、彼はまるで自分がなぜここにいるのかわからないという顔をしていた。

「タケシさんも多重人格の一人なんですね」

「そうです」と卓也は言った。「タケシは怒りの代弁者です。そして全員の守護者でもあります。彼は皆が危なくなった時に現れます。皆を守るために」

「でも、暴力をふるったあとは消えるのですね」

卓也はうなずいた。

「いったい、岩本広志さんの中には何人の人がいるのですか?」

卓也はその質問には答えなかった。彼は庭の池を眺めて何か真剣に考えている様子だった。

私はその横顔をぼんやりと見つめていた。

不意に卓也が私の方を見て、「明日の午前中、梅田さんは何か予定がありますか?」と言った。

「いいえ」私は少しどぎまぎして答えた。「特に予定は何もありません」

卓也は私の顔をじっと見つめていた。私はひどく緊張した。

「明日、一緒にクリニックに行きませんか」

一瞬、何を言われたのか意味がわからなかった。

「私の主治医です」

「どうして、私がその先生に会うのですか?」

卓也は少し困ったような顔をした。

「私の病気のことを理解してもらいたいからです」

「私が行ってもいいのですか?」

「大丈夫でしょう。第三者が同席していけないということはないです」

「今まで誰か同席されたことはあるんですか?」

「岩本洋一郎氏が一度——」

「お兄さんですね」

「広志のね」

それは、洋一郎を他人と見做しているような言い方だった。

翌日、私は新宿で卓也と待ち合わせた。梅雨の真っただ中というのに、珍しく青空が広がっていた。

卓也と待ち合わせるのは二度目だった。西口の改札の近くで彼を待っているうちに、ふと卓也は自由に出てこられるのだろうかと思った。自由にというのは、自分の意志でという意味だ。いや、卓也だけではない、彼以外の人格も皆、自分の意志で出られるのだろうか。好きな時に出られて、好きな時に引っ込むことができるなら、広志の肉体は単なる容器だ。それに好きな時といっても、多くのキャラクターが同時に出ていきたいと望んだらどうなるのだろう。前に私が宮本純也とコーヒーを飲んでいる時、村田卓也はどうして出てこなかったのか。彼はそれを見ていたはずなのに——。卓也は私に会いたいとは思わなかったのだろうか。それとも自分の意志で現れることはできないのだろうか。

暴力事件の後に広志が出てきた時は、広志はその場にいるのが辛そうだった。まるで勝手に引っ張りだされたような感じだった。卓也がそれを見ていたなら、どうしてあの時に現れなかったのだろう。

考えれば考えるほど、疑問が湧いてくる。それにつれて、多重人格というのは本当だろうかという以前からの疑惑が、再び頭をもたげてきた。

その時、卓也が改札を抜けてこちらに歩いてくるのが見えた。でもかなり離れていたので、卓也かどうか判断できなかった。

私は歩き方を見た。卓也はいつも背筋をぴんと伸ばして比較的大きな歩幅で歩く。少し猫背で俯き加減でゆっくりと歩く広志とは全然違う。たしか純也は軽い足取りでちょこちょこした感じで歩いていた。

こちらに近付いてくる男は背筋を伸ばして大股で歩いていた。彼は私を見つけると、軽く右手を挙げた。その笑顔を見て卓也だと確信した。

「遅れてごめん」

「まだ十分前よ」

「でも、待たせたことには変わりはない」

「私の方が早く来すぎたのよ」

「ぼくがもっと早く来たらよかった」

恋人同士のような会話をしていることに気が付いて、心の中で苦笑した。でも悪い気分じゃなかった。

「クリニックに行きましょう」

「本当に私が行ってもいいんですか?」

「進藤先生には、あ、進藤先生と言うんですが、連絡してあります。大丈夫ですと」

「よかった」

私は卓也と並んで歩きながら、私のことを先生にどう説明したのだろうかと思った。身内でもないのに、治療に立ち会うなんて、どんな関係かと思われるだろう。

「治療って、どんなことをするのですか?」

「カウンセリングです。催眠療法が主です」

そう言われても具体的にイメージできなかった。

十分ほど歩いて診療所のあるビルに着いた。十五階建てのガラス張りの近代的なビルだった。半分くらいのフロアーを大手建設会社が占めていて、あとのフロアーには企画会社や税理士事務所などが入っていた。診療所は最上階にあった。


進藤先生は意外なことに女性だった。私は勝手に男性と思っていたから、少し戸惑った。年齢は四十代半ばに見える。小柄だががっしりした体でエネルギッシュな感じだ。第一印象は元気なお掃除おばさんみたいな雰囲気で、薄いピンクの白衣を着ていなければ、とても医者には見えない。

「梅田さんですね。初めまして、進藤です」

進藤先生は早口に挨拶した。

「初めまして」

診察室の壁は薄い緑色に塗られ、抽象画が二枚飾られていた。部屋は診察室というよりもホテルのスイートルームのようだった。もしかしたら、患者の気持ちを考えてそうしているのかもしれない。

「梅田さんのことは村田さんから伺っています」進藤先生はそう言った。

彼女が「岩本さん」ではなく「村田さん」と呼んでいることに少し驚いた。私は卓也との関係をどう説明しようかと迷い、言葉を探した。しかし進藤先生はそんなことには関心を払わず、私に椅子に座るように言った。

「岩本広志さんのことを簡単に説明しましょう」

今度は「岩本さん」と言った。進藤先生の言葉に卓也は軽くうなずいた。

「岩本広志さんのケースは非常に珍しいものです」進藤先生は言った。「私も職業柄、解離性同一性障害のことは聞いていましたが、本物の患者さんを診たのは初めてです」

「それほど珍しいものなのですか?」

進藤先生はゆっくりと大きくうなずいた。

「自分は実は多重人格ではないだろうかと、訪ねて来る患者さんは少なくありません。しかし実際に診断してみると、彼、彼女たちの多くは自己暗示にかかっているケースがほとんどです。稀に演技性人格障害というケースもありました」

「ヒステリーというやつですね」

私の言葉に進藤先生は少し笑った。

「現代の精神医学では、ヒステリーという言葉は使いません。梅田さんは古い本を読まれたのですね」

私は顔が赤くなった。康弘のせいでとんだ恥をかいた。

「昔ならヒステリーでひとまとめにされていた様々な症状が、今はいくつにも分類されています。解離性同一性障害もその一つです。この病気はアイデンティティーや記憶や人格といったものが複数に分裂して入れ替わる精神疾患です。そして、広志さんの場合は、本当の解離性同一性障害でした」

「それはどうしてわかったのですか?」

「解離性同一性障害を診断するスクリーニングテストで、広志さんは九〇パーセント以上の確率で、解離性同一性障害の疑いがあると出ました。さらにカウンセリングと私の診断で、まず間違いないと断定しました」

「先生は、その——解離性同一性障害の患者さんを見たのは初めてとおっしゃいましたね」

「はい。ですから、最初は非常に戸惑いました。スクリーニングテストでは九〇パーセント以上と出ていても、とても信じられなかったというのが本音です」

「信じた理由はなんですか? 演技ではないとどうして言いきれるのですか?」

進藤先生は私の顔を見て、少し微笑んだ。

「あなたはどうなのですか?」

「私、ですか?」

「ここにおられる村田卓也さんが演技で作られた人格と思っていますか?」

「いいえ」私は答えた。「思っていません」

進藤先生は微笑んだ。

「解離性同一性障害ではオリジナルの人格以外の人格を交代人格と呼びますが、この交代人格が現れると、生理機能にも変化が現れます。脈拍や血圧が変わるのです。脳波や皮膚電位も変わります。薬物反応にも違いが出ます。さらに基礎代謝量も変わるし、運動能力やロールシャッハテストでもKT検査でも明らかな違いが出ます」

「KT検査って何ですか？」

「クレッチマーの考案した性格検査です。性格検査は他にもあります。それらを何種類か繰返して、明らかに各キャラクターごとに明確な性格の違いが見えました。演技では不可能です」

「先生は、驚きませんでした？」

「最初は驚きました。私はそれまで多重人格には懐疑的でした。いろいろな論文や報告書を読んではいましたが、これらの症状が本当に存在するとは信じていませんでした」

「その理由を伺ってよろしいでしょうか？」

「まず、これらの病気の報告がほとんど北アメリカ大陸、正確に言うとアメリカ合衆国とカナダに集中していることです。乱暴に言ってしまえば、多重人格は二十世紀後半のアメリカで生まれた病気です。それ以前にはほとんど報告例がありません。またこの二十年で爆発的に増えています」

康弘も同じことを言っていた。

「それは、どう考えればいいのですか？」

「一つは非常に現代的な病気であるということ。もう一つは、多重人格と診断されるケースが増えただけということ。つまり昔ならヒステリーやその他の診断をされていたものが、多重人格と診断されるようになった――」

「はい」

「今、現代的な病気と言いましたが、実は一九〇〇年代の初めまでは、多重人格の報告例はたまにあったのです。それが突然ぱたっとなくなりました。それで多重人格という病気は存在しないと考えられてきたのです」

「どうしてなくなったのですか？」

「一九一一年に精神分裂病という新しい概念が生まれたのです。精神分裂病は現在は統合失調症と名称が変わりましたが、この病気が認められたのは約百年前なのです。それから様々な精神疾患が分裂病と診断されるようになりました。その頃から多重人格の報告例がなくなりました」

「多重人格の人が精神分裂病と診断されるようになったということですか？」

「そう考える専門家もいます。なぜなら多重人格の症状は統合失調症に非常に似ている部分があるのです。ただし現在は多重人格とは言わずに解離性同一性障害と名称が変わっています」

なるほどと思った。たしかに多重人格の人は周囲の人から見れば、気が狂ったように見えるだろう。それまでは多重人格のように思えた症例も、「精神分裂病」という病気のカテゴリーに組み入れられたということか。

「ですから現代でも統合失調症と診断されることが少なくないと言われています。また両極端な人格が現れ、躁鬱病と診断されることもあります。もちろんそれ以外に古典的なヒステリー症状を疑われることもあります。アメリカでは解離性同一性障害の患者が精神科を訪れて、正しく診断されるまでに平均七年近くかかっているというデータもあります。この病気は診断が容易ではないのです」

「わかるような気がします」

「一九五〇年代頃から再び多重人格の報告例が出始めましたが、最初は精神医学界でも半信半疑でした。しかし徐々に報告例が増え、一九八〇年代には多重人格は実際に存在する疾患と認められました」

「でも、なぜこの二十年で爆発的に増えたのですか？」

進藤先生は軽く首を横に振った。

「それに関しては様々な説がありますが、私は社会学者ではないので、そこには立ち入りません。私のやるべきことは、目の前の患者さんを診断して治療することです」

「医原病ということはないのですか？」

私は康弘から聞いたことを質問してみた。進藤先生は幾分困ったような表情を浮かべた。

「実はこの病気に関しては、医原性疾患の可能性は何割かはあると言われています。ですから、治療に催眠術を使うことは避けるべきだという医者もいます。ですが、予断を持って診療したり、誘導質問をしたりしなければ、催眠術は有効な治療法であると私は信じています」

私はうなずいた。

「私は岩本広志さんに出会って、解離性同一性障害はたしかに存在する病気であると確信しました」

私は隣に座る卓也をちらっと見た。卓也は顔色も変えずに先生の言うことを聞いていた。

「広志さんの治療を始めて八年が経ちます」

「八年も――ですか」

私は言いながら、その長い年月を想像して暗い気持ちになった。

「解離性同一性障害という病気は、治るのでしょうか？」

「不治の病ではありません。ただ、治癒は非常に難しいとされています。また何を持って治癒というかは意見の分かれるところです。一つはすべての交代人格が統合されて、一つの人格になった場合。これはわかりますね」

「はい」

「もう一つは、交代人格が存在しながらも、普通に日常生活を送れるようになることです。もっともこれは妥協的な治癒と言う医者もいます」

「そんなことが可能なのですか？」

「不可能ではありません。ただし後者の場合はいくつかの条件が整わないと難しいので、やはり完全治癒は一つの人格に統合された時と考えるべきでしょう」

「岩本さんの場合はどうなのですか？」

「見通しは非常に明るいです」

「そうなのですか」

「岩本広志さんが八年前にここに初めて来た時は、全部で十二の交代人格がありました」

思わず息を飲み込んだ。十二の人格って――。

「その頃は、オリジナルの人格である広志さんは常に交代人格の誰かに心を乗っ取られている状態でした。ですから広志さんは慢性的な記憶障害に悩んで、ここを訪れたわけです。その頃は鬱病に加えノイローゼ、また幻聴にも悩まされていて、とても大学で研究にいそしむ状態ではありませんでした。最終的には同僚に暴力をふるって研究室をやめられました。周囲の人は統合失調症を疑ったようです。しかし診断の結果、そうではないとわかりました」

「今も、その――十二の人格があるのですか?」

「現在は五つです。この二年で七つの交代人格が広志さんに統合されました。劇的な改善を遂げています」

「統合とは?」

「具体的には、交代人格が持っている記憶、意識、感情、知覚などをオリジナルの人格に統一することです。そうすることによって、交代人格は自然に消えます。アメリカの報告例の中には、医師のもとを訪れて一週間で人格統合に成功したケースもありますが、これは非常にレアなケースです。ほとんどの場合、数年から十数年もかかります。ちなみに解離性同一性障害は自然治癒するケースはありません」

進藤先生はそう言って、卓也の方を見た。

「実はこの治療には、村田卓也さんの助けが大きな力になっています」

「村田さんが、治療を助けているのですか？」

「私はそのためにやってきたのです」

卓也は初めて口を開いた。

「私の両親は北海道で暮らしています」

えっと思った。卓也の両親が北海道にいるなんて話は今まで聞いたことがない。しかし進藤先生は顔色も変えずに、黙ってうなずいている。これはどういうことなの——。

「村田さんのご両親は北海道でお医者さんをされています」

私の動揺を悟ったのか、進藤先生が説明するように言った。

「そうでしたよね。村田さん」

「ええ」と村田は答えた。「今も健在です」

私の中に様々な疑問がどっと湧き起こったが、質問は控えた。

「村田さんは広志さんを救うためにやってきたのでしたね。おいくつの時でした？」

進藤先生が卓也に訊ねた。

「十歳の時です」

「北海道のご両親の元に帰らなくていいのですか？」

「いずれは北海道に帰ります。広志が完全な人間になれば」

進藤先生が私のために卓也に質問をしてくれているのがわかった。しかし二人のやりとりは私を混乱させるばかりだった。

進藤先生は私の方を向くと、「村田さんは素晴らしい知性と洞察力を持っています」と言った。

「広志君は大変ラッキーでした。村田さんという完璧な人格がいて」

私は曖昧にうなずくことしかできなかった。

「この八年の間、どれほど村田さんに助けられたかしれません。彼なくして、ここまで治療は進まなかったでしょう」

「先生、それは言い過ぎです」卓也は言った。「私は当たり前のことをしているだけです。広志のために出来る限りのことをしてやりたいと思うのは当然でしょう」

「ちょっと待ってください」と私は口を挟んだ。「北海道にご両親がいらっしゃるのですか。それは広志さんのご両親なのですか」

「違います」と卓也は答えた。

「なら、広志さんとはあかの他人じゃないですか」

卓也は黙ったまま答えなかった。同じように少し困った顔をする進藤先生を見て、私は言ってはいけないことを言ってしまったのかと思った。

「うまく説明するのは難しいですが、私の両親は確かに存在します。長い間、連絡を取っていませんが、健在です。私と広志は兄弟でもなければ、肉親でもありません。私は広志を救うためにやってきたのです」

「どうやって、来たのですか?」

卓也は黙った。

「そのあたりの説明は非常に難しいのです」

進藤先生が横から口を出した。

「卓也さんは別の次元に生きておられます。もちろんご両親も。ただ、その世界は私たちが住む世界のいくつかとつながっています。その一つが、広志さんの心の中だったということです」

進藤先生が何を言っているのかわからなかった。それとも私の頭が悪すぎるのだろうか。

「すると、宮本純也さんやそのほかの人たちも、別次元から広志さんの世界にやってきた人たちなんですか」

「違います」と卓也は強い口調で言った。「私だけです。他の人たちは皆、広志から生まれた別人格です」

卓也の表情から、一緒にしないでもらいたい、という傲岸《ごうがん》な気持ちが覗いた。

私は頭の中で先程からの話を必死で整理していた。他の多重人格と比べて、卓也が特別な存在であることは理解できた。進藤先生もそれを認めているようだ。しかしその理解とは別に、多重人格そのものにまた疑いの気持ちが湧いてきた。北海道に両親がいるとか、自分は別世界にいて、広志の心の中が私たちの住む世界との出入り口だとかという話は、どう考えてもまともじゃない。康弘が言っていたように、多重人格というのは統合失調症の一種なのではないだろうか。

それにこういう荒唐無稽な話を否定もせずに聞いている進藤先生も、少しおかしいのではないかという気がしてきた。

「梅田さん」と進藤先生が言った。「広志さんの解離性同一性障害は疑いようがありません」

私は黙ってうなずいた。

「私も最初は何か暗示にかかってるのかと疑いました」

「狐憑きのようなものですか」

「かつては『狐憑き』と呼ばれた症例も、おそらくはヒステリーの一種だろうと考えられています。そういう状態になると、ものすごい力を出したり、異常な能力を発揮するので、周囲の人間には何かが乗り移ったとしか見えなかったでしょう。憑依《ひょうい》という現象ですね」

私はその話を聞きながら、先日のスタバでの乱暴を思い出した。あれは、まさにヒステリーではないのだろうか。

私はスタバでの出来事を話した。

「ああ、タケシが出てきたのですね」

進藤先生はそう言った。それから卓也の方を向いて、そうなのかというふうに目で訊いた。卓也はうなずいた。

「タケシは広志さんたちを暴力から守るために存在します。広志さんたちが暴力的な危害を加えられそうになると、現れます。大変、力の強い大男です。格闘技の腕前もあります」

「今、大男とおっしゃいました?」

「ええ」

「人格が代わると、身長も伸びるのですか？」

「現実には伸びません。ですが、タケシ自身が百九十センチ九十キロと言っています。それに他の人格も、タケシが大きな男であることを認めています」

うなずきながら、なんとなく私にもわかってきた。多重人格者が語ることを疑ってはいけないというルールがあるらしい。少なくとも進藤先生はすべてを認めている。

「交代人格の人たちは皆、同じ体格ではないのですね」

「もちろんです。痩せた者もいれば太った者もいます。タケシのように大男もいれば、小さい男もいます。更に言えば、年齢も違います」

私はもう唖然《あぜん》とするしかなかった。

「だいたいのところはわかりましたか？」進藤先生は言った。「詳しく話すと長くなりますから、いずれまた機会があれば、お話をしましょう」

「はい」

「それでは、本日のカウンセリングを始めます」

「お時間を取らせて申し訳ありませんでした」

進藤先生は軽くうなずくと、卓也の方に向いた。

「私が邪魔ではないですか？」

「大丈夫です。むしろ治療を見てもらいたいと村田さんがおっしゃっていますから」

進藤先生はそう言うと、机の上のリモコンを取って、ボタンを押した。その時、部屋の端にビデオカメラがセットされているのに気付いた。治療風景を撮っているのだ。

進藤先生は卓也に、「目を閉じてください」と言った。

卓也はおとなしく目を閉じた。

進藤先生は「深い眠りに落ちていきます」と静かな口調で語りかけた。催眠術をかけているのだとわかった。

やがて眼を閉じた卓也の体から力が抜けていくのがわかった。

「タケシ君、出てきてください」

進藤先生が言うと、卓也が目を開いた。その表情を見た途端、卓也ではないと思った。目の前には、不機嫌そうな、どこか子供じみた顔をした男が座っていた。

私の体はいつのまにか小さく震えていた。初めて人格が入れ替わるところを目の当たり《ま》にしたからだ。以前、スターバックスで突然タケシが現れ、同じように突然広志に戻ったが、あの時は周囲の状況に目を奪われて、人格が変化する瞬間は見ていない。しかし今、交代の瞬間をこうして目の当たりにして、その不思議さに圧倒された。

「なんや」

さっきまで卓也だった男はぶっきらぼうに言った。

「気分よう寝てたのによう」

男の言葉が関西弁であることに気が付いた。そう言えば、スタバで暴れた男も関西弁を使っていた。

「タケシ君」と進藤先生は言った。「この前、暴れたみたいだね」

タケシは小さく舌打ちした。

「どうせ、卓也の野郎が告げ口したんやろう」

「なぜ、乱暴したの？」

進藤先生はタケシの言葉を無視して質問した。先生の口調は卓也と話している時よりもざっくばらんなものだった。随分年下の男の子に向かって話している感じだった。

「ほっといたら純也の奴がやられるからや」

「でも、乱暴はよくないね」

「ほっといたらやられる」

「話し合いで解決できなかったの？」

タケシはまた小さく舌打ちした。

「話し合いのできるような奴らやなかった」

進藤先生はうなずいた。

「君はいつもそうやって皆を守ってきたんだったね」

「そうや」タケシは言った。「皆、弱いからなあ。俺がおらな、やられてまう」

「タケシ君、君が暴れると、事態が悪くなるとは思わない？」

「なんでや？　俺がおらな、皆えらい目に遭うんや」

「三年前に警察に捕まったことがあったね」

「俺が捕まったわけやない」

「捕まったのは広志君よ。君は暴れただけ」

タケシは黙っていた。

「暴れるだけ暴れて、あとは広志君に任せて、逃げてしまうのは卑怯《ひきょう》じゃない？」

「卑怯なもんか！」タケシは怒鳴った。「俺がおらへんかったら、やられてたんやから」

タケシは椅子から立ち上がった。

「俺ばっかり、きつい仕事させやがって！　汚れ仕事は全部俺や。敵から守ってやったんやから、あとの処理くらいはお前らでせいよ」

「日本は法治国家だよ。暴力に訴えていいことは何もないよ。タケシ君は利口だからそのあたりは十分に理解しているでしょう」

タケシの表情が少し和らいだ。

「そらまあ、な」

「だから、今後はもう出ないということでどう？」

「俺かて出たくて出てるわけやない」

「前に、もう乱暴しないって約束したじゃない」

「約束したわけじゃない」

「いや、約束したよ」

タケシは黙った。

私は不思議な気持ちで見ていた。

これが多重人格の治療なのか。治療方法は確立されていないと言っていたが、これも一つの方法なのだろう。

こうやって一人ずつ説得していくのか。岩本広志と進藤先生はこんな治療を八年も続けているのだ。気の遠くなるような作業だ。しかし八年の間に十二に分かれていた人格が五つに統合された。それってすごいことじゃないだろうか。

タケシは進藤先生に対して不服そうな素振りを見せていたが、やがてしぶしぶながら暴力は振るわないと言った。

「ちゃんと守ってくれる？」

「うん」

「じゃあ、先生と約束して」

「わかったよ」

急にタケシの体がゆらゆらしたかと思うと、突然、表情から凶暴さが影を潜め、穏やかで落ち着いたものに変わった。

卓也が戻ってきた。

「タケシにはぼくも言ったのですが、この前はうっかりして止められませんでした」

卓也の言葉に進藤先生はうなずいた。私はそれを聞いて驚いた。交代人格同士で会話ができるのか。

「村田さんの説得は必ず役に立ちます。今後も続けてください」

「はい」

進藤先生は私の方を向くと、「タケシは」と言った。

「最初の頃は手がつけられませんでした。ここで初めて現れた時は、暴れて窓を割ろうとして叩きました」

思わず窓のガラスを見た。先生は微笑んだ。

「この部屋のガラスは強化ガラスになっています。ですから、手で叩いたくらいでは割れません」

私はほっとした。

「タケシは最初、私を敵と思ったようです。自分たちを殺す医者と見做したようです」

なるほど、統合されるということは、交代人格からすれば「消される」ということだ。殺されるのと同じだろう。みんなを守るために存在すると信じているタケシなら、暴れるのも当然かもしれない。

「先生は大丈夫だったんですか」

「そのボタンを押すと、隣の部屋から看護師が来ます」

見ると、机の上にファミリーレストランにあるようなボタンがあった。おそらくその看護師は屈強な男だろう。たしかにクリニックにはいろんな患者が来るだろうから、そういう看護師が必要だ。

「でも、この五年でタケシは随分おとなしくなりました。最初はタケシは十歳の子供だったのです。ですから、なかなか会話もできませんでした。それがこの五年で十五年以上成長して、今では二十代です。分別がつく大人になりました」

私はまた混乱した。進藤先生は私に説明した。

「解離性同一性障害の交代人格たちは、私たちとは別の時間の中で生きています」

ふと、さきほどから卓也が黙っていることに気付いた。

よく見ると、椅子に座っているのは卓也ではなかった。とろんとした顔で俯いていたのは、広志だった——。

驚いて進藤先生の顔を見たが、彼女はとっくに気付いている様子だった。

「岩本さん」と進藤先生は言った。「今日のカウンセリングは終わりました」

広志はまだ半分眠りから覚めないようなぼんやりした表情で小さくうなずいた。傍《かたわ》らにいる私の存在にも気付いていないようだった。

進藤先生はちらっと私の方を見て、席を外せと、手と目で合図を送ってきた。私はそっと立ち上がると、部屋の横にある衝立《ついたて》の裏に移動した。

「岩本さん——」と先生が言う声が聞こえた。「ここがどこかわかりますか?」

少し間を置いて、広志は「クリニックですね」と答えた。

「今日はタケシ君と話しました。タケシ君は確実に成長しています。人間的な幅も広がってきています。先日は久しぶりに暴れたようですが、本人は反省しています」

広志が小さな声で何か言ったが、聞こえなかった。

「以前は暴力をふるってもまったく反省しませんでしたから、大いなる成長です。いずれ、現れなくなって、統合される日も近いでしょう」

「はい」

今度ははっきりと聞こえた。その声は心なしか明るい響きがあった。

「今日はありがとうございました」

広志はそう言って椅子から立ち上がると、診察室から出て行った。

私が衝立から出ると、進藤先生は「もしよければ、少しお話ししませんか？」と言った。

「お時間は大丈夫なんでしょうか？」

「今からお昼の休憩です。食事しながらですが、いいですか」

私に異論はなかったが、広志のことが少し気にかかった。

「広志さんは一人で帰れます」と進藤先生は私の心を読んだように言った。「余計な緊張を与えるよりも、そのほうがいいでしょう。それに今の段階で、梅田さんが知っていると教える必要もないでしょう」

私はうなずいた。

＊

「本当に驚きました」

診療所の近くのファミリーレストランのテーブルに座るなり、私は言った。「多重人格って本当にあるんですね」

進藤先生は大きくうなずいた。

「精神科医になって二十年になりますが、初めて見たケースです。先ほども申し上げましたが、それまで解離性同一性障害に関しては懐疑的でした」

「岩本さんが多重人格になったのはなぜですか？」

「これが原因だと、はっきりは言えません。ただ、多くの解離性同一性障害の患者が幼少期に虐待に遭っています。八〇パーセントというデータもあります」

「そんなに！」

「解離性同一性障害の患者は女性が圧倒的に多いのです。その理由についても、幼児期に女性の方が性的虐待を受けやすいからだとも言われています。実際、女性患者の場合、かなりの確率で幼児期に近親者からの性的虐待を受けています」

「岩本さんは男性ですが——」

進藤先生は少し黙った。私は自分の質問が患者のプライバシーにかかわるものだったと気付いた。

「本来、患者のプライバシーにかかわることは話せないのですが、この話は卓也から、あなたに話してもいいと許可を得ています」

進藤先生が名前を呼び捨てにしたのは意外だったが、それよりも卓也が自分にそこまで心を開いているということに、驚いた。

「広志は幼少期に身近な人から虐待を受けています」

「身近な人というのは？」

進藤先生はその質問には答えなかった。

「岩本広志は複雑な家庭に育っています。兄の洋一郎氏とは腹違いです。実の母は正妻ではありません」

「岩本さんを虐待したのは継母ですか？」

「いいえ、父親です」

「実の父ですか？」

「広志の父、重雄氏は広志の幼少期から子供時代にかけて、ひどい暴力をふるっています」

「証拠はあるんでしょうか？」

「クリニックは検察庁ではありませんよ」

進藤先生は少し皮肉っぽく言った。

「広志の体にはその時の傷跡がいくつも残っていますし、虐待されていたのはまず事実だと思われます。重雄氏はもう亡くなっていますが、交代人格の証言を聞く限り、異常人格であったと思われます」

「社長なのに？」

「社会的に立派な業績を残しているのに、犯罪を犯す人間は珍しくありません。ともかく、幼い子供にとって、本来庇護されるべき人間から受ける虐待というのは、大人が想像するよりもはるかに恐ろしいものです。子供にとっては、自分が頼れる唯一の存在が襲いかかってくるのですから。これは地獄に放り込まれたのと同じです。

「わかります」

「最近は日本でもかつてはなかったような幼児虐待が起こっています」

「はい」

「子供が失神するくらいの暴力をふるったり、何日もご飯を食べさせなかったり、寒い冬に裸でベランダに放り出したり――。実際に殺してしまう事件も起きるくらいですから、一歩手前の虐待事件はその何百倍もあるはずです。しかし、そんな目に遭わされても、子供は逃げる場所がないのです。その世界がすべてなのですから」

私は想像してみた。両親から憎しみをぶつけられ、虐待される幼い子供の気持ちを。たしかに地獄と呼ぶにふさわしいくらい恐ろしいものだろう。私たち大人は、仮に恐ろしい状況に陥っても、抜け出す手口を知っているし、何よりその状況が特殊であることを理解している。しかし、幼い子供にとっては、そこが全世界なのだから選択肢が存在しない。激しい虐待に遭った子供は、生きていることそのものが苦痛だろう。

私は吐き気がしてきた。食欲がまったくなくなり、目の前のハンバーグが食べられなくなった。

「そうした激しい虐待を受けた子供たちの何割かは、自分を守るために、自らを消すのです。別の人格を生み出し、虐待を受けているのは自分ではないと思い込むのです」

私はうなずいた。

「解離性同一性障害の患者の何割かは、幼少時に幽体離脱《ゆうたいりだつ》を体験しているという報告があります。自分の魂が肉体から抜け出て、虐待されている自分を眺めているのです。つまり自分ではない別の人格が本人に代わって虐待を受けることになります。その人格は本人を守るために生み出された人格です。ですから、多くの解離性同一性障害のオリジナルの人格には虐待された記憶がありません。なぜなら、その記憶を持っているのは、別の人格たちだからです」

「虐待から逃れるために他の人格が必要だったのですね」

「そう考えられています」

「でも、なぜ、複数の人格が必要なのですか？」

進藤先生は首を振りながら、「それはまだよくわかっていません」と答えた。

「仮定の上に仮定を重ねることはできませんが――虐待を受けるたびに新たな人格を生み出していったのかもしれません。虐待を引き受けた人格がまた別の人格を作り出した可能性もあります。あるいは、解離性同一性障害の患者は解離を起こしやすい精神構造をしていると言えるかもしれません。驚いたことに、解離性同一性障害の報告では、実は二重人格というケースは皆無に近いのです。平均すると、十個前後の交代人格を持っています。ですから広志さんの十二というケースは普通なのです」

聞いていると、どんどん暗い気持ちになった。村田卓也もひどい虐待を受けた記憶があるのだろうか。あの一見軽薄そうに見える宮本純也にもそんな過去があるのだろうか。

「先生、一つ質問があるのですが」

「なんですか？」

「交代人格の人たちは自分たちが作り出された人格と知っているわけですか？」

「知っている人とそうでない人がいます」

「村田卓也さんはどうなのでしょう？」

「彼は不思議なケースです。先ほどの話でもわかるように、自分は交代人格の一つとは思っていません。他の人格とは違うと思っているようです。本来は別の人間なのに、何かの拍子に岩本広志の心にやってきたと思っています」

「先生は本人に向かってそれを否定されないのですか？」

「しません」進藤先生ははっきりと言った。「解離性同一性障害の治療は、すべての人格の言い分を信用するところから始めないといけません」

「はい」

「卓也のケースに戻りますが、彼は他の交代人格とは違います。実は彼は、広志を含むすべてのキャラクターの記憶装置のような存在なのです。解離性同一性障害の交代人格たちは、基本的には、それぞれの人格の間では記憶が重なりません。もちろん、重なる部分もありますが、ある交代人格が現れているとき、他の人格にはその記憶がないことのほうが多いのです。ですから、交代人格の記憶はまちまちです。しかし、卓也はすべての人格の記憶を持っています」

「そういう交代人格は稀なのですか?」

「いえ、解離性同一性障害では、彼のような一種の記憶装置的人格はかなり高い頻度で現れるというデータがあります」

私は「記憶装置的人格」という表現に少し引っかかった。卓也を人間扱いしていないような感じがしたからだ。

「アメリカでは、彼のような存在は『ISH』——Inner Self Helper《インナー・セルフ・ヘルパー》と呼ばれます。直訳すると『内部の自己救済者』あるいは『助力者』です。ISHの出現率は五〇パーセントを超えると言われています。出現理由は明らかになっていません。ISHはしばしばセラピストの大きな助力になります。ISHは各人格の特徴や役割などをかなり正確に把握していて、セラピストに適切な情報やアドバイスを与えてくれます。最後に統合されるのもISHであると言われています。卓也は他の人格とは明らかに違います。まず、自分は岩本広志とは違う人間だと言っています。あなたも聞いたように、北海道から来て、別に両親もいると断言しています」

「本当のことですか?」

進藤先生は笑った。それで私も思わず自分の質問の愚かさに笑ってしまった。

「村田卓也も、岩本広志が生み出した交代人格の一つに過ぎません」

進藤先生はそう言ってから、一言付け加えた。「ただ、彼の人格は完璧です」

「完璧?」

「ええ、非常に知的で、常に冷静、的確な判断力、いつも穏やかで、思慮深い。私は彼と話していると、しばしば劣等感を感じるほどです。ＩＳＨにはしばしばこういうタイプの人格が出現すると言われています」

進藤先生はそう言って苦笑した。

「でも――」と私は言った。「岩本広志さんが作り出した人格なのでしょう」

「そうです。おそらく広志が抱いている理想的な人物が具現化した存在なのかもしれません。もともと持っていた広志の知性と教養が加えられて、完璧な人物になったのかもしれません」

進藤先生の話を聞くうちに、私は胸がどきどきしてくるのを感じた。卓也はやはり素晴らしい人間だったのだ。

「卓也の協力によって、治療は劇的に進みました。卓也は様々な人格の記憶を補ってくれました。それによって、私は岩本広志という人間の全体像を摑むことができましたが、それだけではありません。卓也は人格の統合に積極的に協力してくれました」

「具体的にはどういうことですか？」

「交代人格の一人一人を説得してくれたのです。広志と統合するようにと」

「説得って――交代人格同士が会話ができるのですか？」

「解離性同一性障害の交代人格たちが、心の中にどんなふうに存在しているのかは謎です。心の中にいくつもの部屋があって、それぞれが住んでいると考えている人もいます。また大きな部屋でいろいろな人格が眠ったり起きたりしていると考えている人もいます」

「進藤先生はどう考えているのですか？」

「私は、解離性同一性障害のパターンは一つとは限らないのではないかと考えています。個々の報告例を見ても、本当に様々なケースがあります。ただ、広志の中にいるいくつかの交代人格は、互いに会話を交わしたり情報交換をしているようです」

　進藤先生は身振りを交えて話した。

「ある交代人格が前は知らなかったことを知っていることがあります。それをどこで知ったのかと聞くと、別の人格に教えてもらったというのです」

　想像してみようとしたが無理だった。自分の中に別の人格が存在することさえも思い浮かべられないのに、それらが互いに話をしているなんて考えられなかった。

「全然想像できません」

「そう？」進藤先生は少し微笑んだ。「でも、私たちも時々、自分の中で会話をしない？　たとえば、こうしたいと思っている自分がいて、でももう一人の自分がそれはやめておけって忠告して、自分の中で葛藤することはない？」

「よくあります」

「普通の人はそれを自分の中で処理してしまうけど、多重人格者の場合は、はっきりと分かれた二つ以上の心が会話するとしたら？」

　なるほどと思った。

「たとえば、人は誰でも悪いことをしたいと思う心がある。でも理性でそれを抑えている。それって感情と理性というふうに考えられているけど、『悪い性格』と『良い性格』に分けて考えることも可能じゃないかしら」

私は考え込んでしまった。私の中にもそんな矛盾した性格がごちゃまぜになっているのだろうか。

「広志の中にある様々な人格は、たしかに彼が作り出した人格かもしれない。けれど、実際に接してみると、一人一人が本当に個性を持っています。いや、そこにははっきりした実存を感じます。お芝居のような作られたものではありません」

「わかります。わかります」

私は思わず二度続けて言ってしまった。

「彼らと話していると、人間の個性とは何なのか、と不思議な気がします。私は自分のことを個性がある人間だと思っていますが、本当にそうなのか。自分だと思っている自分は、本当は様々な人格の寄せ集めではないかという気がしてくるときがあります」

そうかもしれないと思った。

「プリズムってご存じですね」

「はい」

「ふだん私たちが見ている光は色なんて見えないんだけど、プリズムを通すと、屈折率の違いから、虹のように様々な色に分かれます。人間の性格も、光のようなものかもしれないと思う時があります」

すごくわかりやすい喩えだった。お酒を飲んだりした時は、混ざっている性格が分離するのかもしれない。多重人格の人たちは、「虐待」という強引な方法で分離させられたのか——。

「午後の診療の準備があるので、そろそろ失礼します」

進藤先生はそう言って腕時計を見た。

「すみません。貴重なお時間を取らせてしまって」

「いいえ、今日は楽しかったです」進藤先生は微笑みながら言った。「普通の方とお話しするのは、気分転換になります」

その言い方に思わず笑ってしまった。

進藤先生もおかしそうに笑っていたが、急に真面目な顔をした。

「村田卓也と親しくなるのはいいけど、あまり親しくなりすぎないでね」

「あの、先生、私——」戸惑いながら言った。「村田さんとは、なんでもありません」

進藤先生はにっこりと笑った。

「あなたたちが恋人ではないことくらいは、わかってますよ。これでも精神科医ですから」

「はい」

「卓也を友人としてサポートしてあげてください。彼は孤独な人です」

「そうします」

その時、進藤先生の携帯電話のアラームが鳴った。

「あ、もうこんな時間！」

進藤先生はそう言うと、慌てて伝票を持った。私が伝票を取ろうとすると、先生はそれを手で制した。

「またお目にかかりましょう」

進藤先生は手を振って立ち去った。

私の頭の中では、クリニックで見たこと、そして今の進藤先生との会話がぐるぐると渦を巻いていた。

7

その夜は、珍しく康弘が早く帰っていた。二人そろっての食事は久しぶりだった。

進藤先生に会ったことは、最初は黙っていようと思ったが、自分一人の胸におさめておくことはどうしてもできなかった。誰かに話さないと、頭の中が整理できない気がしたし、興奮も冷めなかった。何しろ本物の多重人格者を見たのだ。こんな不思議な体験があるだろうか。

進藤先生に会う前に何人もの交代人格に会ってはいたが、それまでは半信半疑だった。しかし解離性同一性障害と理解してからクリニックで見た卓也やタケシや広志たちは、以前とはまるで違って見えた。

康弘には進藤先生が語った言葉をそのまま話した。途中で反論してくるかと思っていたが、康弘はビールを飲みながら素直に聞いていた。

全部を話し終えた後、彼は「なるほどなあ」と言った。

「人間って、不思議な生き物だよなあ」

康弘があっさりと多重人格を認めたのは意外だったが、そのあたりの柔軟性は週刊誌の記者時代に身に付けたものかもしれない。

「ところで、なんで聡子がその先生の話を聞いたんだ?」

「偶然よ。たまたま先生が岩本家に来たの。で、応接室で一緒になったから、話を聞いたの」

私は嘘をついた。別に隠すつもりはなかったが、本当のことを話すと、余計な疑いを招いたり、つまらない詮索をされたりするだけだと思った。

「医者の守秘義務ってないのか?」

「さあ、本人が許可したら、病名を告げるくらいはいいんじゃないの」

「ふうん」

康弘は自分で瓶ビールをコップに注ぎながら言った。

「考えてみれば、人はもともとペルソナを持ってるんだからな」

「ペルソナって何?」

「外面的な仮面だよ。たとえば男らしいとか女らしいとかいうのは、たいていペルソナなんだ」

「本当の自分とは違うという意味？」

「一概にそうとは言えないけど、まあ本音と建前みたいなもので、誰でも他人に見せてる自分と本当の自分は違うだろう」

「みんな本音で喋りあったら、大変なことになるね」

「そんなことしたら、人間社会は崩壊するぞ」康弘はわざと深刻な顔をして見せた。「合コンなんかでペルソナを脱ぎ去って会話したら、とんでもないことになる」

私は想像してつい笑ってしまった。

「動物の社会にはペルソナなんかないのね」

「そうだな、動物はやりたい時にやる。喰いたい時に喰う。殺したい時に殺す」

「そう考えたら、人間ってすごいのね」

「人間には自我とエスがあるからな」

「何なの、それ？」

「簡単に言うと、自我は意識で、エスは無意識。自我とエスを結び付ける超自我というのがあるらしいけど、そのあたりは詳しくない。とにかく、人間の脳は無意識の領域が相当大きいとは言われている。そういう意味では、もともと人間は多重人格的な脳の構造をしているのかもしれないな」

いつのまにか康弘が多重人格肯定派になっていておかしかった。

「たいていの人は理想のイメージを漠然と持ってるんじゃないかな。こんな人間になりたいとか、こういう態度でいたいとか。でも、誰しもそうはできない。本当ならこう言いたい、あるいはこうしたいと思っても、なかなかできない」

「なるほど」

「大学時代に心理学の授業で習ったんだけど、人は欲求不満がたまってうまく適応できなくなると、防衛機制というのが働くらしい」

「何それ？」

「防衛機制の中には、抑圧とか退行とかいろいろあるんだけど、面白いのは反動形成というやつでね」

「あ、なんか聞いたことがある。何だっけ、反動形成って」

「抑圧した気持ちが現れないように、正反対の行動を取ったりすることだよ。たとえば、本当はすごくケチなのに、それを認めたくなくて気前よく人に奢《おご》ったりだとか、本当は冷酷な性格だけど、それを無意識に否定して優しい人になるとか。弱い自分を認めたくなくて、喧嘩ばかりするとか」

「わかる気がする」

「でも、その反動形成がずっと表に出ていたら、それが本当の性格ということにならないのかなという疑問が湧いた記憶がある」

「なるほど、冷酷な人でも一生、反動形成が続けば、その人はどこから見ても優しい人ね」

言いながら、私にもそんな反動形成があるのだろうかと思った。

康弘はもうその話には興味を失ったようで、一人でビールを飲んでいた。

私は反動形成とペルソナについて考えていた。たしかに人はいくつもの顔を持っていて、それを使い分けている。誰にでも同じ顔を見せているわけじゃない。目の前にいる康弘だって、上司と部下の前では全然違う顔をしているに違いない。まして好きな女の子の前なら全然違うだろう。その顔は私も見たことのないものかもしれない。

そう思うと、人間って何て器用なんだろう。同じ人間がそうやっていくつものペルソナを持って、瞬間的に使い分けている。これってある意味、多重人格よりも難しいことかもしれない。


翌週、夫人の許可を貰って再び岩本家の庭に出た。

梅雨は例年よりも早く明けていた。見上げると、真っ白な入道雲が湧きおこっていた。もうすっかり夏の空だった。

ベンチに腰かけていると、まもなく離れから男が現れた。私は思わず立ち上がったが、男の着ている薄いピンクのシャツを見て、卓也ではないかもしれないと思った、はたして男は純也だった。

「やあ」

ベンチに近付いた純也は快活な笑顔を浮かべながら言った。私は「こんにちは」と返したが、卓也と話したかったので、内心がっかりした。

「この前、進藤先生のクリニックに行ったろう?」

なぜ知っているのかと思ったが、診療の最後に広志が出てきたことを思い出した。おそらく広志の心を通して私を見ていたのだ。

「進藤先生から、ぼくらのことを詳しく聞いた?」

「だいたいは」

「びっくりしただろう」

「ええ」

「だろうな」

純也は池の近くに行くと、ズボンのポケットから半分になったフランスパンを取り出した。それからそれを千切って池に投げた。鯉が何匹も集まってきた。純也は次々にパンを千切り、鯉が集まるところに投げた。

「鯉ですね」

私が言った。

「鯉は英語でカープって言うんだよ」

「知ってます」

「複数形も同じ綴《つづ》りというのは知ってた?」

それは知らなかった。

「かわいそうに、鯉はたくさん集まっても一匹と同じにしか見てもらえないんだ」

純也は残りのパンを全部池に投げてしまうと、私の座っているベンチに腰かけた。

「奇妙な話だろう。多重人格って」

「そうですね」

「進藤先生に言わせると、ぼくは交代人格なんだってさ。作られた人格らしい」

私はどう答えていいかわからなかった。

「ぼくは広志が虐待を受けた時に、生み出された人格なんだって」純也は自嘲気味に言った。

「虐待の記憶を持っているのは、ぼくとタケシだけなんだ」

「そうなんですか」

「とんだ貧乏くじを引かされたよ」

純也は笑いながら言った。

「幼い頃の記憶は泣いていたことしかない。それもしくしくなんてもんじゃないよ。悲鳴を上げていたんだ」

「本当なの」

「ああ、木刀で毎日殴られた。永久歯が生える前に乳歯はほとんど折れてたよ」

純也はまるで他人の話のように淡々と語った。

「腕の骨も肋骨も何本も折れた。鼓膜なんかいつも破れていて、たいていどっちかの耳が聞こえなかった。成人してからわかったんだけど、頭蓋骨にも陥没した跡があるんだよ。裸にされて皮の鞭《むち》で打たれたこともあるし、タバコの火やライターの火を押し付けられるのもしょっちゅうだった」

私は言葉を失っていた。

「四歳くらいの時、庭に子猫が迷い込んできた。それで広志とぼくがこっそり餌《えさ》をあげて飼っていたんだ。ミーちゃんと名前も付けてね。ぼくらのただ一人の友だちだった。三毛のすごくかわいい子猫だった」

純也は遠い目をして言った。そして少し微笑んだ。しかしすぐに笑みは消え、表情が強張った。

「ある日、重雄に見つかった。重雄はミーちゃんの後ろ脚を摑むと、地面の石に頭を叩きつけた」

私は息を呑んだ。

「でもミーちゃんはまだ息があった。重雄はミーちゃんをシャベルで殴って殺した」

「ひどい――」

「広志にはその記憶はない。なぜなら、全部ぼくが受けついだからだ」

純也の頬がぶるぶると震えていた。私は何と言っていいのかわからなかった。

純也はやがて大きく深呼吸をした。頬の震えは止まっていた。

「ぼくがもう少し大きくなると、重雄は性器を執拗《しつよう》に責めた。だからぼくの性器には醜い傷や火傷《やけど》の跡がいくつもある」

「もう、やめて」

私は両手で耳をふさいだ。純也はそれ以上言わなかった。

動悸《どうき》がなかなか収まらなかった。まさかこれほどの虐待があったとは想像もしなかった。進藤先生が言っていた「虐待」の度合いを適当に考えていた自分を罵倒《ばとう》したくなった。たしかに幼児期にこれほどの虐待を受ければ、精神の解離が起こっても不思議はないと思った。専門家ではないが、十分に有り得るような気がした。

「どうして——」私はかろうじて声を出した。「あなたはそんな話を普通にできるの?」

純也は肩をすくめた。

「昔のことだからね。けど、広志は耐えられないだろうね」

「広志さんは知らないってこと?」

「あいつはなーんにも覚えてない。呑気《のんき》な奴だよ」

私には広志が呑気かどうかはわからない。でも広志の代わりに虐待を受けた純也なら、そういう見方をしても不思議じゃない。

「そんなことより、駅前の喫茶店に行って、お茶でも飲まない?」

「ごめんなさい——少し気分が悪くなってしまって」

純也は少し残念そうな表情をしたが、黙ってうなずいた。

帰りの電車の中でも、気持ちの悪さはおさまらなかった。それで新宿に着いた時、進藤先生のクリニックを訪ねた。

ちょうど診療時間が終了する間際だったが、受付で名前を告げると、取り次いでもらえた。しばらくお待ちくださいと言われ、待合室で待っていると、しばらくして進藤先生が私服で現れた。先生は意外なことにジーンズを穿いていた。

「どうしたんですか、深刻な顔をして」

進藤先生は私の気持ちをほぐすように笑顔で訊いた。

「今日、宮本純也さんに虐待の話を聞きました」

進藤先生は軽くうなずくと、「今から食事に行かない？」と言った。私は「はい」と答えた。

二人で近くのホテルに行き、レストランに入った。

「純也から虐待の話を聞いたのね。随分、ショッキングだったでしょう」

進藤先生はワインを一口飲んだ後で言った。

「はい。先生から虐待があったことは伺っていましたが、まさか、あんなひどいとは――」

「私から具体的に教えてあげてもよかったんだけど、生々しすぎるしね」

先生はまたワインを飲んだ。私もグラスを持ったが、赤い色に一瞬どきりとした。

「私、正直に言うと、虐待くらいで解離性同一性障害が起きるのは不思議な気がしてました。疑っているわけではなかったのですが、それくらいではならないいんじゃないかと、心のどこかで考えていたふしがあります」

「その考えは間違っていないと思います。すべての子供が虐待で解離性同一性障害にはなりません。幼児虐待は絶対条件ではありません。暗示にかかりやすいタイプの子供がひどい虐待を受けた場合に、多重人格が発症すると言われています」

「はい」

「広志が受けた虐待は相当ひどかったと思います。私の診るところ、重雄氏は病的なサディストであり、変態性欲者です」

進藤先生は少し憎々しげに言った。

「広志の生殖器には無数の火傷の痕《あと》があるし、肛門には裂傷の痕があります」

全身に鳥肌が立ち、吐き気がして思わず口を押さえた。

「大丈夫ですか」

「――大丈夫です」

吐き気はおさまったが、今度は重雄に対する猛烈な怒りが湧きおこり、同時に広志に対する憐《あわれ》みで胸がいっぱいになった。知らず知らずのうちに涙が出た。私がハンカチで涙を拭《ぬぐ》うのを、先生は黙って見ていた。

「人格解離は九歳以下の子供に起こるとされています。この辛い体験は自分じゃない別の子供に起こっていることだ、と思い込める豊かな想像力があり、しかも一種の分離能力のある子供においてのみ生じる病気でしょう。アメリカでは解離性同一性障害の患者たちは『幼児虐待から生き残った人』とも呼ばれています。虐待された子供は、死ぬか、発狂するか、人格分離を起こすしかないのです」

「進藤先生、広志さんは治るのですか？」

「治そうと思っています」

「治してあげてください」

心からそう思った。重雄によって人生と心をむちゃくちゃにされた広志は、人生を取り戻す権利があるはずだ。いや、そうならないといけない！

進藤先生は静かに語りだした。

「最初十二あった交代人格は、よく観察していくと、系譜が作れました。つまりある人格が別の人格を生み出していたのです。最初は派生的に生まれた人格を一つに統合するところから始めました。互いの存在を確認させ、記憶の統合をはかるうちに、いくつかに分かれた人格は一つになっていきました。そして五年かかって、人格を五つまで減らしました」

「統合されるとどうなるのですか？　その人格は消えてなくなるのですか」

「いろいろな考え方があります。広志はかつては泣くことができませんでした。なぜなら泣くという感情を司《つかさど》っていたのは別の交代人格キヨシだったからです。泣くほどの強い悲しみに襲われた時、広志はその感情に耐え切れず、別の人格を生み出したのです。だからそういう感情に襲われそうになると、キヨシが現れて、広志の代わりに泣きました」

先生は噛んで含めるように語った。

「キヨシは三年前に統合されました。今、広志は泣くことができます。悲しい時には涙を流すことができます。キヨシは広志の中に統合されたのです。統合と同時に、キヨシの持っていた記憶も広志は共有しました」

「キヨシさんは消えたのですか？」

「それは難しい問題です。なぜならキヨシの性格はかなり広志の中に混ざっています。統合以前の広志にはなかった部分です。いや、本来は持っていたのかもしれませんが、ずっと長い間、失っていたものでした」

「すると、本来、持っていた性格や感情が交代人格に取られていて、それを取り戻したことになるのですか？」

「一概にそうとは言えません。というのは、キヨシが手に入れた後天的な感情や考え方、あるいは経験といったものもあるからです。統合されると、それらもまた広志のものになります」

進藤先生はワインを一口飲んだ。

「ところが、二年前から治療は壁に当たりました。残りの人格が統合されることを拒否し始めたからです」

「なぜ、拒否するのですか？」

「あなたは、もし自分の人格が消えて、他人に統合されるとしたら、嬉しいですか？」

「でも――」

「解離性同一性障害の交代人格は、普通の人がお酒を飲んだ時に現れる『抑圧された自己』ではないのです。一個の人格なんですよ。ちゃんと統一した意志のある、アイデンティティーを持った人格です。ただ――肉体を借りてはいますが」

私はうなずくしかできなかった。

「実は純也は頑強に統合を拒んでいる一人です。純也は広志を憎んでいます。これが問題をこじらせています」

「卓也さんも統合されることを拒否しているのですか?」

「いいえ、前にも言ったように、卓也はむしろ積極的に統合を進めようとしてくれています。私は最初、広志を卓也に統合してしまおうかとも考えました。なぜなら卓也はあなたもご存じのように完璧な男性だからです」

「はい」

「卓也はおそらく広志の潜在下にある理想的な男性像です。こうありたい、と思う姿が具現化した人格だと考えています。初めてこの診療所に来たころの広志は、自分がまったくない男性でした。治療中、何度も困難にぶつかり、広志を卓也に統合したほうがいいのではないかと考えたのです」

「なぜ、そうしなかったのですか?」

「間違っていると気付いたからです。喩えはよくないかもしれませんが、病気に苦しんでいる患者の臓器を切り取って、人工臓器をつけてしまうという感じでしょうか。もはや壊死《えし》するのが確実な臓器なら、それもいたしかたないでしょうが、弱ってはいても治癒の可能性が十分ある臓器を、治療が楽だからという理由で人工臓器にはできません」

「そのことは、卓也さんには?」

「もちろん言いました。卓也も納得しました。というか、卓也はもともと、自分はいつか北海道に帰ると言っていましたから」

「そのことなんですが——」と私は言った。「先生は、卓也さんの両親が北海道にいるのはおかしいとは言わなかったのですか？」

「何度も言いました。でも、卓也は間違いないと言い張りました」

「あれだけ知性がある卓也さんが、なぜ、そんな不合理なことを言うのでしょう？」

「わかりません。ですが、卓也の頭の中では、そのことは全然非合理ではないようです。実は解離性同一性障害の交代人格たちは、非常に歪んだ現実認識を持っています。あれほど常識的な卓也が自分は北海道から来たと信じているのは、本当に奇妙なことですが事実です。ちなみに、純也は自分の身長は百六十五センチだと思っています。そのことで大きなコンプレックスを持っています」

「それっておかしいじゃないですか。広志さんはどう見ても百八十センチ近いのに」

先生は肩をすくめた。

「解離性同一性障害の交代人格の頭の中を完全に理解することは不可能です。純也の目には自分は百六十五センチしかないように見えているのです」

「信じられません」

「驚くことではありません。報告書を見ていると、女性の中に男性の人格がいることも珍しくないのです。その逆もあります。彼、彼女たちは、自分の肉体的な矛盾は感じていないようです。珍しい例では動物の人格を持っている患者もいます。非常に稀有《けう》な例ですが、無機物――時計とか電話といった人格を持っている患者の報告もあります。一つ言っておきますが――交代人格は人間ではないということを忘れないでください」

「人間じゃないんですか？」

「交代人格は一見、人間と同じに見えますが、実は人間の一部にすぎません。交代人格が集まって一人の人間を構成しているのです。アメリカの解離性同一性障害の権威コリン・ロス教授は『交代人格は一種の装置』と言っています」

前に先生が卓也のことを「記憶の記録装置的人格」と言っていたのを思い出した。頭の中でばらばらになった機械を想像した。

「梅田さん――」

「何でしょうか」

進藤先生は私の目を見て言った。

「広志の治療に協力してくださいますか」

それはやぶさかではない。でも私にできることがあるのだろうか。

「私にどんなお手伝いができますか？」

進藤先生はそれには答えず、小さな笑みを浮かべた。

「いずれ、あなたに助けを求める時が来るかもしれません」

私は曖昧にうなずいたが、彼女の笑みが少し気になった。

＊

その週の土曜日は修一の模擬試験があり、家庭教師はお休みだった。久しぶりに康弘とどこかに出かけようかと思っていたが、彼は泊まりで大阪出張が入り、その計画はダメになった。

本当に出張かどうかは考えないようにした。彼とはもう長い間セックスをしていない。ほとんどセックスレスと言ってもいい。もちろん私のせいだ。だから康弘に仮に女がいても、家庭にごたごたを持ち込まない限りは、見て見ぬふりができると思っていた。

それでも日曜日にマンションで一人過ごすのは気が滅入った。都心に出て買い物でもしようかと思っていると、昼過ぎに岩本家の夫人から電話がかかってきた。用件は、修一が昨日受けた算数の模擬試験の答え合わせをしてもらえないかというものだった。私は了承した。

新宿でショッピングを楽しみ、夕方に岩本家を訪れた。

暑い日だった。まもなく六時になろうとしているのに、空には入道雲が出ていた。夕焼けを浴びて、きれいなオレンジ色に染まっていた。

修一の算数の成績は上々だった。彼の出した答えはほとんど正解だった。二つわからない問題があったようだが、ヒントを与えると即座に正解に辿《たど》り着いた。答え合わせは一時間ほどで終わった。帰ろうとすると、夫人から「特別手当」の日当を渡された。ふだんの家庭教師のギャラよりも多かった。

岩本家を出た時は、かなり暗くなっていた。静かな道を歩いていると、後ろから小走りに近付いてくる足音が聞こえた。少し警戒しながら振り返ると、卓也だった。

「今日は遅くに来たんだね」

「イレギュラーだったんです」

卓也は私の隣に並んだ。

「この前は、クリニックに付き合ってくれてありがとう」

私は「いいえ」と答えながら、卓也はどこから私を見ていたのだろうと思った。でも、声をかけてもらって嬉しかった。

こんな暗い道を二人で歩くのは初めてだった。まるでデートの帰りみたいだなとぼんやり思った。

途中、いつも通る公園の入り口に人だかりができていた。中を覗くと、夜店の屋台が沢山《たくさん》並んでいた。

「夏祭りだよ」

「楽しそう」

「覗いてみる?」

「はい」

二人は公園に入った。ふだんは閑散としている公園は大勢の人々でごったがえしていた。大人や若者に交じって子供たちの姿も多数あった。公園の木に電気の提灯《ちょうちん》がいくつもぶら下がっていた。

夜店の屋台を見るのは久しぶりだった。子供の頃は、よく近所のお祭りに友だちと一緒に出かけたものだった。私と卓也は屋台が並ぶ通りをゆっくりと歩いた。いろいろな食べ物屋に混じって輪投げ、射的、ヨーヨー釣りの店などがあり、子供たちが集まって歓声を上げていた。

焼きトウモロコシの醤油の焦げた匂いや、イカを焼いた香ばしい匂いが食欲をそそった。

私たちは缶ビールとフランクフルトソーセージを買って、食べながら雑踏の中を歩いた。ビールの酔いも手伝って、なぜかうきうきした気分になった。

少し疲れたので、人込みを避けて公園の端に行った。二人ともソーセージは食べ終わり、ビールも空に近かった。

「もう少し何か食べる?」と卓也が訊いた。

「そうね。ビールももう一杯飲みましょうか」

「いいね」

その時、すぐ横の木の陰で幼い女の子が泣いているのに気付いた。兄らしい男の子が必死に慰めている。女の子は幼稚園児くらい、兄は小学校一、二年生くらいに見えた。

男の子が「お金も落として、たこ焼きも落として――」と言うのが聞こえた。見ると、女の子の足元にたこ焼きが容器ごと落ちていた。女の子はずっとしくしく泣いていた。どうやら、たこ焼きを落とす前に、お金も落としていたようだった。

私はたまらなくなって、声を掛けるために近寄ろうとしたが、卓也がそれを押しとどめた。

「よくあることだよ」卓也は言った。「何もすることはない」

私はその言葉に驚いた。たしかに卓也にとっては、何でもないことなのかもしれない。広志たちが受けてきた虐待と比べれば、取るに足りないものだろう。でも私には少し冷たく聞こえた。

幼い兄は落ちたたこ焼きを拾って容器の上に載せた。そしてそれを持って、すぐ横のたこ焼きを売っている屋台まで行った。私は気になってその様子を見ずにはいられなかった。

幼い兄は屋台でたこ焼きを売っていた若い女に、「落としてしまったんです」と言った。派手な化粧をした茶髪の女は不機嫌そうな顔で、「それで?」と言った。

「二百円しか持ってないんですけど、二百円分だけ売ってくれませんか」

「うちは一人前、五百円だよ」

男の子は「ごめんなさい」と言ったが、女は不機嫌そうに手を差し出した。男の子はおずおずと女の掌に二百円を置いた。女は無言で小銭を箱の中に放り込むと、二人前のたこ焼きを男の子に差し出した。男の子は首を振ったが、女は妹に無理やり手渡した。そしてびっくりして立ち竦《すく》んでいる二人に向かって、早く立ち去るように、というふうに手を振った。兄妹は小さな頭を下げて、屋台から離れていった。私は驚いて若い女を見つめていた。

「ぼくらもたこ焼きを食べようか」

不意に卓也が言った。私がうなずくと、卓也は茶髪の女に、「たこ焼き、二つ」と言った。

女が二人前のたこ焼きを卓也に渡すと、卓也は五千円札を出した。女が釣りを渡そうとすると、卓也は「手がふさがってるから、釣りはいいよ」と言って、素早く屋台から離れた。

私は慌てて卓也の後を追いながら、胸がいっぱいになっていた。


翌日、再び岩本家に家庭教師に行ったが、授業中もずっと卓也のことが気になって仕方がなかった。昨日、公園でたこ焼きを食べた後すぐに別れたが、家に帰ってからも卓也の行動を何度も思い返した。卓也は子供たちを助けようとはしなかったのに、子供たちを助けた若い女に四千円も多くお金を支払った——あれは礼に違いない。彼女の行為が卓也の胸を打ったのだ。とても素敵だった。

家庭教師を終えて応接室に行くと、夫人ではなく洋一郎がいた。

「お疲れ様」洋一郎は言った。「今日はたまたま会社を休んでいましてね」

「そうなんですか」

「妻は今買い物に行っています。まもなく戻ってくるでしょう」

別に夫人を待つ理由はなかったから、「それでは失礼します」と言って引き上げようとした。

「先生、もしよろしかったら、一杯いかがです」

「ありがとうございます。でも、今日は早めに帰らないといけないので、また後日にお願いいたします」

「いや、外に飲みに行こうと言ってるわけじゃないですよ」洋一郎は言った。「それに妻が先生にお話ししたいことがあると言ってたので、一杯飲みながら待ちませんか」

「それでは奥様をお待ちします」

「では、場所を移しましょう」

「どちらへですか？」

「バーカウンターがあるんです」

洋一郎はソファーから立ち上がった。仕方なく私も立ち上がったが、バーカウンターのある部屋ってどんなだろうという好奇心もあった。

玄関ホールを抜けて、一階の廊下の奥の部屋に通された。そこは二十畳ほどの洋間で、中央には大きなソファーが二つと低いガラステーブルがあった。部屋の端にはバーカウンターがあり、カウンターチェアまであった。天井にはシャンデリアもあった。

「すごい――」

思わず呟いた。

「一応、私の書斎でね」

洋一郎はそう言いながら、一方の壁を指差した。上等そうな木の本棚に、会社関係の本がびっしりと並んでいた。

「時々は商談にも使います」

絨毯がすごく柔らかいのに気が付いた。足元を見ていると、洋一郎が「天津緞通《てんしんだんつう》です」と言った。そう言われてもピンとこなかったが、おそらく超高級品なのだろう。

「何を飲みます？」

洋一郎はカウンターの中に入って訊いた。壁にはボトルがずらりと並んでいた。

「カクテルはどうですか？　何でも作りますよ」

「奥様とお話しするのにアルコールはまずいです」

「一杯くらいならたいしたことはないですよ。それに後で妻もこの部屋に呼びます」

どうしようかと迷ったが、一杯くらいならいいかなと思った。

「どうぞ、お好きなのを言ってみてください」

「ギムレットかホワイトレディは作れます？」

「どちらでも」

「ではホワイトレディをいただきます」

洋一郎はにっこり笑って、了解と言った。

ソファーに座って待っていると、部屋の隅に置かれているスピーカーからジャズが流れてきた。おそらくカウンターの傍にアンプがあるのだろう。なんだか本当にバーに来ているような気がした。

まもなく洋一郎がトレイにグラスを載せてやってきて、私の向かいのソファーに腰掛けた。彼はブランデーだった。

「乾杯しましょう」洋一郎は言った。

二人でグラスを合わせた。カクテルはすっきりして飲みやすかった。

「ところで先生、修一はすごく算数ができるようになりましたよ。先生のお蔭です」

「修一君が頑張ったからです」

「いやいや、コーチが良くないと選手は伸びませんよ」

「ありがとうございます」

洋一郎はその後も、いかに私の指導が良かったかを熱く語った。そんなふうに手放しで褒められると照れくさかったが、嫌な気持ちはしなかった。

「ところで、話は変わりますが――」

洋一郎は言った。

「何でしょう」

「先生は恋人がいるんですか」

「私は結婚していますよ」

「知ってますよ。別に恋人がいても不謹慎だとは思わないですよ」

「いません」

「先生みたいな美人を周囲の男がほっておくのですか?」

「美人じゃないですよ」

「いや、美人ですよ」

不意に洋一郎が目を閉じた。

「ここが好きなんですよ」

流れている音楽のことを言ってるのがわかった。気が付けば、静かなピアノソロに変わっていた。洋一郎はずっと目を閉じたまま音楽を聴いていた。それで私も目を閉じて耳を傾けた。初めて聴く曲だったが、素敵な曲だった。

じっと聴いていると酔いも手伝っていい気持ちになってきた。

不意に左手が洋一郎に握られた。目を開けると、いつのまにか洋一郎が私の隣に座っていた。

「かわいい手ですね、先生の手は」

私はかなり驚いた。酒を飲んだ男に口説かれるのは慣れているが、まさかこんなところで教え子の父に迫られるとは思っていなかった。

「離していただけますか」

「だめです」洋一郎は言った。「こんな素敵な手を離すわけにはいかない」

「こんな口説き方でうまくいくはずはないですよ」

「そうかな」

彼の手を振りほどこうとしたが、力が強くて振りほどくことができなかった。

洋一郎は私の肩を抱くと、キスしようとした。私は顔を横にそむけたが、その瞬間、部屋がグルグル回る感じがして眩暈《めまい》がした。

目を閉じると、顔を両手で持たれ、無理矢理にキスされた。

「やめて」

彼を突き飛ばそうとしたが、力が入らなかった。というか自分の腕がどこにあるのかわからなかった。おかしい！　カクテルの一杯くらいで、こんなに酔うはずがない。お酒の中に何か入れられたのだ。

洋一郎は私にキスしながら胸をまさぐっている。私は懸命の力を振り絞って、洋一郎の体を押しのけた。その途端、私の体がソファーから滑り落ちた。頬が柔らかい絨毯に触れた。

私を見下ろしながら洋一郎が笑うのが見えた。洋一郎は床に倒れた私に覆いかぶさってきた。私は声を上げたが、両手で口を押さえられた。その指を噛むと、彼は慌てて手を離し、今度はハンカチを口に押し込んできた。

それから、強引にのしかかってきた。私は戦慄《せんりつ》した。まさか私の身にこんなことが起きるなんて——。

暴れようとしたが、手足が鉛でもつけられているみたいに動かない。まるで夢の中で走ろうとしても走れないみたいな感じだった。ブラウスのボタンを外され、絶望的な気持ちになった——もう駄目だ。

不意に体が軽くなった。目を開けると、私の上に乗っていた洋一郎の体が消えていた。

争うような物音がして、そちらの方を見ると、洋一郎の上に馬乗りになっている広志の姿が見えた。広志は洋一郎を組敷き、両手で喉を摑んでいた。

「——やめてくれ」

洋一郎はかすれた声で言った。

「抵抗しないから、やめてくれ」

広志が手を離すと、洋一郎は激しく咳き込んだ。

広志はしばらく洋一郎の体に馬乗りになっていたが、やがて立ち上がると、倒れている私の方にやって来た。

「怪我はない？」

私は立ち上がろうとしたが、腰から下が自分のものではないようだった。広志は私を抱き起こしてソファーに座らせた。

広志にブラウスのボタンを留めてもらいながら、これは誰だろうと考えていた——広志？　卓也？　それともタケシ？

「お前、自分がしたことがわかっているのか」

起き上がって床にしゃがんだ洋一郎が言った。

「お前を追い出してやる。俺がいなければ、お前なんか野たれ死ぬしかないぞ」

広志は立ち上がって、洋一郎を睨みつけた。洋一郎は怯《おび》えたようにしゃがんだまま後ずさった。しかし怒りと虚勢は崩さなかった。

「誰のおかげで生活できると思ってるんだ」

広志は静かに言った。

「あなたが広志を追い出すなら、ぼくは、かつてあなたが広志にしたことを訴えますよ」

その声を聞いて、目の前の男は卓也だとわかった。

「俺は何もしていない」

「あなたの父が広志にしたこと、それにあなたが広志を虐待したこと、これは立派な犯罪だ」

「何もしていない」

「広志は覚えていなくても、ぼくはすべてを覚えている。いつでも訴訟できる」

洋一郎はにやりと笑った。

「何のことを言ってるのかわからないが、たとえ訴えようとしても、とっくに時効だ。裁判にさえならない」

「刑事事件ではね。でも民事訴訟なら可能だ」

「勝てると思ってるのか」

「負けたってかまわない。あなたと会社にとって大きなスキャンダルになることは間違いない。それに亡くなった重雄氏にとってもだ。週刊誌にも全部喋ってやる」

洋一郎の顔がひきつった。

「そんなことをして、お前に何の得がある？」

「何も得はない」卓也は静かに言った。「しかし、あなたが広志を追い出すなら、あなたの人生も粉々にしてやる。広志にはその気はなくても、ぼくにはそうする覚悟がある」

「お前の治療代を出してやっているのは俺だぞ」洋一郎は言った。「お前は一生治らないぞ」

卓也はそれには答えず、私の方を見て、「痛むところはない？」と訊いた。私は「ええ」と答えた。

卓也は再び洋一郎の方に向き直って言った。

「今後、もう一度、こんなことがあったら、もうぼくには止められないかもしれない」

私はその言葉を聞いて、洋一郎と争ったのはタケシだったのかと思った。

「ここから出て行くのは、あなたの方だ」

「生意気言うな」

「早く出て行かないと、もうぼくでは制御できない。頼むから、早く出て行ってくれ！」

卓也は叫ぶように言った。

洋一郎は慌てたように部屋を出て行き、叩きつけるようにドアを閉めた。卓也は小さなため息をついた。

「もう大丈夫だよ」

優しくそう言われた途端、涙が出てきた。なぜ泣いているのかはわからなかったが、涙が止まらなかった。卓也は隣に座って、私の肩を優しく抱いてくれた。

しばらく泣くと、気持ちが楽になった。卓也が差し出してくれたティッシュペーパーで涙を拭いた。

「落ち着いた？」

私はうなずいた。

「お酒に何か入れられたかもしれない」

「医者に行こうか」卓也は言った。「傷害罪で訴えるなら、ぼくが証人になる」

「吐きそう」

「動ける？」

卓也はそう言いながら、私の体を立たせた。さっきまで動けなかったが、何とか立てたし、歩けた。卓也に支えられながらバーカウンターのところまで行き、流しで、喉の奥に指を入れて吐いた。吐いている間、卓也は背中をさすってくれた。

ソファーに戻ると少し楽になった。

「梅田さんが吐いたものは捨てずに取ってある。訴えるなら、証拠になる」

私は首を振った。

「もう大丈夫。薬じゃないかもしれない。知らない間にきついアルコールを入れられただけかも」

卓也はうなずいた。

「彼の行為は許せないけど、訴訟はやめておく」

私はそう言って笑ったが、卓也は笑わなかった。

「ぼくのことを気遣っているなら、遠慮はいらない。これは梅田さんの問題だから」

「のこのこついてきて、昼なのにお酒を飲んだ私も悪かった。こんなことで訴えたら、私の恥だし、旦那に叱られちゃう」

卓也は初めて少し笑った。

私たちは一旦その部屋を出て、応接室に移動した。そこで彼はタクシーを呼んだ。

タクシーが来る頃には、かなり元気になっていた。酔いは残っていたが、吐き気はおさまっていた。洋一郎が薬を使ったのか、単なるアルコールの強さのせいだったのかはわからない。しかし仮に薬のせいだとしても、体に害を及ぼすようなものではなかったのだろう。

タクシーには卓也も同乗した。私は駅まででいいと言ったが、卓也は自宅まで送り届けると言ってきかなかった。

車の中で卓也はほとんど話をしなかった。私は緊張が解けて、急に疲れを覚えた。酔いのせいもあったのか、いつのまにか眠ってしまっていた。

「着いたよ」

という声で目が覚めた。気が付くと、卓也の肩に頭をもたせかけていた。

「ごめんなさい」

「聞いた住所でここまで来たけど」卓也は言った。

窓の外を見ると、私のマンションのすぐ近所だった。そう言えば、眠っている時に住所を聞かれたような気がした。

「ありがとうございます。ここから歩いて帰れます」

「大丈夫?」

「すぐそこです」

卓也はうなずいた。

私が卓也に続いてタクシーを降りると、彼は再びタクシーに乗り、窓を少し開けて、「気を付けて」と言った。

私が手を振ると、タクシーは走り去った。

マンションに戻ってから、しばらくソファーに寝転んでぼーっとしていた。この数時間に起こったことをいろいろと回想すると、恥ずかしくなった。洋一郎に襲われているところを卓也に見られたのもそうだが、それ以上に恥ずかしかったのは、卓也の胸の中で泣きじゃくったことだ。彼の胸の温かい感触を思い出して、思わず両手で顔を覆った。

8

家庭教師を辞める気はなかった。あんな目に遭わされて、自分から辞めるのは理不尽だと思っていたからだ。ただ先方から首を言い渡される可能性はあるかなと思っていた。

しかし家庭教師センターからは何の連絡もなかった。もっともらしい理由を洋一郎が作ろうとも、一方的に解雇されたら、黙って引き下がる気はなかった。洋一郎もそれを心配したのか、あるいは卓也を怖れていたのかもしれない。

それで二日後、いつものように岩本家を訪れた。夫人の態度は変わらなかったから、夫からは特に何も聞かされていないのだろうと思った。洋一郎に会うのは怖くなかった。むしろ堂々と睨みつけてやりたいと思っていたくらいだ。あの時はアルコールで不覚を取ったが素面《しらふ》なら大丈夫だ。でもおそらく、洋一郎はもう私の前には現れないだろうという気がしていた。そしてこの日も姿を見せなかった。

家庭教師の仕事を終えると、庭には出ずに岩本家を辞した。卓也に会って話をしたかったが、庭に出て待つのは、もの欲しそうな感じがして嫌だった。それに卓也がやってくるとは限らない。私に会いたいのなら、向こうからアプローチがあるはずだ。

その週は淡々と仕事をこなし、終わるとさっさと引き上げた。卓也からはずっと連絡がなかったが、そのことは考えすぎないようにした。治療に専念しているのかもしれないし、もしかしたら現れていない可能性もある。進藤先生の言うことが正しければ、広志には今も五つの交代人格がある。彼自身を含めれば、その肉体の中には六人の男がいる。一日ずつ交代に使っても一週間に一日しか出られない。もしも誰かが長く占拠したら、その間は心のどこかに隠れていることになる。

そう考えた時、また奇妙な感じがした。心のどこかって、どこだろう。そこには現れていない他の人格も一緒にいるのだろうか。そう言えば、進藤先生のところで、卓也はタケシと話していたと言っていた。心のどこかで交代人格同士が話しているのだろうか。何て奇妙な世界――卓也たちはそんな世界に住んでいるのだ。私には到底理解できない。

翌週になっても、卓也からは連絡がなかった。そうなると、少しイライラしてきた。いったいなぜ私を進藤先生のところに連れていったのだと思った。病気のことを知ってもらいたかったのは、その上で何か相談したいことがあったのではないのか。情報だけ与えて、知らない顔をするなら、最初から何も教えなければいい。卓也の気まぐれに付き合わされた気がして、気分が悪かった。

岩本家から帰る時は、卓也から連絡があるかもしれないと思って、いつも携帯電話の着信に注意していたが、途中からそんなことに気を遣うのが嫌になって、家庭教師の日は携帯の電源は落としたままにした。

週が明けると、岩本家に行くことに気が進まなくなってきた。修一はいい子で、勉強を教えている時はそれなりに楽しかったが、仕事に行く前と仕事が終わった後に、必ずいらいらした。こんなことなら洋一郎に首にされたほうが、いっそ楽かもしれないと思えた。

七月のある日、昼前に洗濯を終えて、ダイニングテーブルでくつろいでいると、テーブルに置いていた携帯電話が鳴った。画面表示を見て、はっとした——卓也からだった。

反射的に携帯電話を手にとったが、すぐに出るといかにも待っていたようにとられそうで躊《ちゅう》躇《ちょ》した。それで、少し間を置いたら、今度は急に緊張してきた。落ち着いてから電話に出ようと思ったら、呼び出し音がやんだ。

携帯電話を握りしめて、もう一度かかってくるのを待ったが、二度と鳴らなかった。十分以上待って、もうかかってこないとわかった時、卓也に少し腹が立った。どうしても話したいことがあるなら、二度、三度とかけるべきじゃないのか。それに留守電に何か入れるべきだろう。私は携帯電話の電源を切って、バッグの中に放り込んだ。

その日は夕方から岩本家に行く日だった。それまでに家事を済ませておく予定だったが、むしゃくしゃして何もする気が起こらなかった。

それで少し早く家を出て、少し足を伸ばして渋谷あたりで買い物でもしようと思った。

電車の中で、通販で買った品物が午後に届くことを思い出した。昨日不在通知があって、朝わざわざ電話したのだ。それを受け取ってから家を出ようと思っていたのを、すっかり忘れていた。配送会社に電話しようとしたが、電話番号がわからなかった。申し訳ない気持ちとイライラが重なって、つい大きなため息をついてしまった。

その時、目の前に立っていたスーツを着た若い男がにっこり笑った。

「どうしたの、ため息なんかついちゃって」男はそう声を掛けてきた。「素敵なお姉さん、後でお茶でも飲まない？」

「結構よ。ほっといて！」

私が強く言うと、男は顔を強張らせた。そして小さく舌打ちして、隣の車両に移っていった。

久しぶりに入った渋谷のセレクトショップで気に入った服を何着か買うと、少し気分が晴れた。ちょうどいい時間になったので、新宿に戻り、そこから小田急線に乗って岩本家へ向かった。

電車の中で携帯電話の電源を入れた。すると留守電の表示があった。緊張しながら留守電を聞くと、卓也からだった。一時間前に入っていた。

「梅田さん、卓也です。今日、家庭教師が終わったら、庭で話しませんか？」

伝言はそれだけだった。私は二度続けて聴いた。

どうしようと思った。話したい気持ちはあったが、二週間も一切連絡がなかったのに、こんな伝言ひとつでほいほい呼び出されて行くのは癪に障った。私と話したいなら、留守電じゃなくて、きちんと直接伝えるべきだ。それで、この伝言は無視することに決めた。

でも、もし私が岩本家に着くまでに、もう一度電話があれば、会ってもいいと思った。それで開いたバッグの上の方に携帯電話を置いておいた。

しかし岩本家に着くまで、電話は一度も鳴らなかった。私は門を入ると同時に電源を落とした。


その日、家庭教師を終えて岩本家を出たところで、携帯電話の電源を入れた。すぐに留守電が一つ入っているとの表示があった。ダイヤルすると、卓也からのメッセージだった。

「駅前のスターバックスにいます。家庭教師を終わった後に時間があれば、顔を出してみてください」

メッセージは一時間前に入っていた。卓也がまだスタバにいるかどうか不安になった。知らないうちに早足になった。

スタバに着くと、急に緊張した。さっきまで卓也がまだいてくれればいいなと思っていたのに、帰ってくれていた方がいいような気持ちになった。

恐る恐る店に入ると、奥で軽く手を振る卓也の姿を見つけた。私は小さく会釈してから、カウンターへ行き、ラテを注文した。

ラテが出てくる間に更に緊張が高まった。この感情は意外だったが、多分、この前抱かれながら泣いたせいだと思った。あんなことがあって以来だから、緊張して当然だ。

トレイを持ったまま一度深呼吸をして、卓也のいるテーブルに向かった。

「ありがとう。来てくれて」

卓也は言った。

「留守電を聞いてくれたんですね」

「はい」と私は答えた。「改札に入る直前に聞きました」

「ああ、そうなのですか。危ないとこだったたんですね」

卓也は笑った。それからほっとしたように、「会えてよかったです」と言った。

卓也が素直に喜ぶのを見て、ちょっとだけ罪悪感に捉われた。

「この前はありがとうございました。ずっとお礼を言えなくて――」

卓也は私の言葉を手で制した。

「礼を言われるようなことではないです。その話はやめましょう。それより、体は大丈夫でしたか」

私が「はい」と答えると、卓也はおだやかな顔で微笑んだ。その顔を見ていると、緊張感が解けてきた。卓也は人をリラックスさせる雰囲気を持っていると思った。でも、ただにこにこしているだけの男性ではない。先日の洋一郎に対する態度は男らしかった。

「卓也さんに質問していいですか?」

「どうぞ」

「あなたも交代人格の一人なんですか?」

「その質問の答えは、イエスであり、ノーでもあります」

「どういう意味でしょう?」

「たしかに広志の中にいるということでは、純也やタケシと一緒です。でも、私には帰るところがあります」

私はうなずいていいのかどうかわからなかった。

「いずれ広志が完全な人間になったら、私は帰ります」

「北海道へですか?」

「そうです」卓也は笑った。「そこに私の両親が住んでいます」

「北海道のどこですか?」

「旭川《あさひかわ》です。美しいところですよ」

「ご住所は?」

「身元調べですか?」

私は慌てて「いいえ」と言った。

「それなら、この話はそのへんにしておきましょう」

私は「わかりました」と答えながら、やはりこの人は普通じゃないのかもと思った。前に進藤先生が、解離性同一性障害の交代人格たちは奇妙な現実感覚を持っていると言っていたが、その言葉は正しいのかもしれない。

「進藤先生は、広志さんの中には五つの人格があるとおっしゃっていましたが、私が会ったことのない人はいますか？」

卓也は記憶を辿るようにちょっと俯いた。

「二人――いや、一人だけです」

「じゃあ、私は四人の方と会っているのですか？」

卓也はうなずいた。

「卓也さんと純也さん、それにタケシさん、あとは誰ですか？」

「ヒロコに一度会っています」

「ヒロコ？　女性ですか」

卓也はうなずいた。

「梅田さんに植木鉢を投げつけたでしょう」

「あの人、女性だったのですか？　でも言葉遣いは男性でした。乱暴でしたし――」

「わざと男みたいな喋り方をしたのです。ヒロコは十二歳の女の子です。あの時は乱暴なものの言い方をしましたが、本当はおとなしい子です」

子供がいるとは驚きだった。しかも女の子とは――。そう言えば、進藤先生は交代人格の年齢はバラバラで、しかも異性のケースもあると言っていた。

「あの庭の花を育てているのはヒロコです」

「なぜ、私に怒鳴ったのかしら？」

卓也は言おうか言うまいか、少し迷った素振りを見せた。

「ヒロコは修一が好きなんです。あの日、梅田さんが庭で修一と仲良く話をしているのを見てやきもちを焼いたのです」

私は唖然として聞いていた。広志の中に十二歳の女の子がいるだけでも不思議極まりないのに、その子が小学生に恋しているなんて――。実際には大人の体を持った男性なのに。

「ヒロコさんは、その――修一君と話したことがあるのですか？」

「ありません。いつも遠くから眺めているだけです」

「どうしてですか？」

卓也は少し悲しそうな顔をした。

「ヒロコは自分の容姿に自信がないんです。自分を醜いと思っています。それに自分の体が大きいことを恥ずかしがっています」

それを聞いた瞬間、ヒロコに同情した。三十歳の男性の中に十二歳の少女がいるということを奇妙に思うよりも、ヒロコがかわいそうでならなかった。

「ヒロコが消えないのは修一への想いが強いからです」

「わかるような気がします」

卓也はうなずいた。

「私が会っていないもう一人の人は誰ですか？」

「セイイチです」と卓也は言った。「男です」

「どんな方なんですか？」

卓也は少し間を置いて、「ちょっと変わった男です」と答えた。

その言い方に思わず笑ってしまった。

「皆さん、変わっていると思いますが、その中でも特に変わっているということですね」

「いや、特に変な人間ではありません。ある意味では、普通の男性です」

なぜ普通の男性なのに変わっていると言ったのか少し気になったが、それは訊かなかった。

「卓也さんには、全員の記憶があるのですね」

「はい」

「それは全員と同じ体験をしているということですか？」

「違います」卓也はきっぱりと言った。「うまく説明できるかどうかわかりませんが、フィルターを通して見ている感じなのです。たとえば広志が誰かと会って話している。その時、私はその人を見て、その人の声を聞いています。もちろん広志の声も聞こえています」

「体の感覚はどうなのですか？」

「ぼんやりとしかありません。いや、ほとんど感覚がありません。痛みなどは感じません。でも広志が痛みを感じたことはわかります」

不思議な世界としか言いようがなかった。想像しようとしてもまるで実感できない。いや、この感覚を本当の意味で共有できるのは、多重人格者しかいないのだろう。

「洋一郎さんは、広志さんとはお母さんが違うのですね」

「そうです。洋一郎は正妻の子です。広志は重雄が妾《めかけ》に産ませた子です。広志が三歳の時、彼の母親は広志を捨てて、若い男と逃げました。重雄は仕方なく広志を引き取りました。重雄にとっては元々愛情のない子供です。ことあるごとに広志に暴力をふるいました。それは次第にエスカレートしていきました」

「家族は止めなかったのですか？」

「重雄は家でも会社でもワンマンでした。逆らえる人はいません。それに重雄の妻にとっても、妾が産んだ広志は憎しみの対象でした」

卓也は淡々と語った。

「ご飯を食べさせてもらえないことなど当たり前でした。冬の寒い日に家族で温かい料理を食べている間、下着一枚で庭に締め出されていたこともありました」

私は声を失った。

「重雄の暴力は更にひどくなり、虐待と言えるほどになりました。そこに性的な虐待も加わりました。進藤先生は、岩本重雄氏は変態の異常性格者であると断言しました」

私はうなずいた。

「洋一郎は広志の九歳年上でしたが、彼もまた広志に暴力をふるいました。遊び半分でしたが、とても子供とは思えない残忍なことをしました。髪の毛にシンナーをかけて火をつけたり、背中にナイフで傷をつけてボールペンのインクを刷り込んだり――」

「やめてください！」

私は耳をふさいだ。さっきから心臓が激しく動悸を打っている。何の落ち度もない幼児が受ける仕打ちではない。

「広志が解離性同一性障害になったのは、重雄の虐待が原因であると進藤先生は言いました。過剰な虐待を受けた子供は、時として、自分以外の人格を作り出して、フーグするらしいです」

「フーグって？」

「遁走《とんそう》です。心理学的には、自己を消し去るという意味で使われるそうです。だから広志には、実は虐待の記憶がほとんどありません」

純也が言っていた通りだった。

「虐待を受けたのは、幼少期は純也ですが、小学校の低学年はタケシです」

「ほかの人も虐待を受けた記憶があるのですか」

「あります。そのうちのいくつかの人格が広志の中に統一されたので、今では広志もその記憶の一部を持っています」

「虐待の記憶が戻った時、広志さんはショックを受けませんでした？」

「受けました。でも、そのお蔭で、悲しみや怒りを表すことが少しできるようになりました。それまでの広志は怒ったり悲しんだりする感情を持っていませんでした。そういう状況になると、別の人格が現れるのです」

「怒りや悲しみを表出する人格があったのですね」

卓也はうなずいた。

「進藤先生も言っていたと思いますが、別の人格が出ている間は、広志にはその記憶がありません。彼には小学校四年生と五年生の記憶がありません。その間、体を支配していたのは純也です。六年生になった時、広志が戻りました」

「どうして、六年生の時に突然、広志さんが戻ったのですか？」

「当時大学生だった洋一郎が家を出て一人暮らしを始めたからではないかと進藤先生は言っています。私も同意見です」

「広志さんは突然戻って、困らなかったのですか？」

「大いに戸惑いましたよ。三年生だった自分がいきなり六年生の教室にいたのですから」

思わず身震いした。そんな恐ろしいことがあるだろうか。

「友だちも先生も知らない顔ですね」

「そうです。知っている友人も成長して顔が変わっています。もちろん自分の顔も体も大きく成長しています」

「知識はどうなんでしょう。たとえば学校の勉強などは？」

卓也は悲しそうな顔をして、首をゆっくり横に振った。

「全然理解できませんでした。漢字も算数もわからないものばかりでした。それまでずっと成績はトップクラスだったのに、一番出来の悪い生徒になりました。先生からはふざけるなと怒られ、友人たちの多くも性格が変わった広志から離れていきました。広志は孤独感と劣等感と、自分は記憶喪失なんだという意識に苛《さいな》まれました」

私は言葉を失った。

「その後も広志にはいくつもの交代人格が現れました。数時間の場合もあれば数日ということもありました。そのたびに広志は、自分はまた記憶喪失にかかったと思うようになりました。彼は人と接するのを恐れるようになり、思春期になったころには、友人は一人もいなくなり、いつも孤独の中で暮らしていました」

「かわいそうな人――」

卓也も静かにうなずいた。

「ですが、今の広志は違います。八年前から進藤先生の治療を受けて、どんどんよくなっています。七つの人格が統合されて彼らの記憶を受け継いでいます。性格も幅広くなりました。八年前とは大きく違っています。今は、むしろ人との交わりを望むようになっています」

「治ったら社会復帰できますか？」

「広志は大学の研究室に戻りたがっています。でも、それは難しいでしょうね」

「完全に治るということは、残る五つの人格がすべて統合されるということですね」

「進藤先生はそうおっしゃっています」

「その時は――卓也さんはどうなるのですか？」

「私も去ることになりますね」

去るってどこへ行くのだろう？　以前言っていた北海道へ帰るという意味だろうか。でも卓也が帰る場所なんかどこにもないはずだ。

完全に治癒した時は、卓也の持っていた記憶はすべて広志の中に統合されるのだろうか。そしてその性格も――。

ふとテーブルに目をやると、卓也の左手の小指が小さくリズムを取っているのが見えた。前にも見た覚えがある――卓也だけが持つ癖だ。そう言えば、純也はよく髪の毛をかきあげるが、広志も卓也もそんなことはしない。

「あの時――」と私は言った。「私を助けてくれたのは誰ですか？」

「最初は私です。ですが、途中からタケシが出てきました」

「どうやって、入れ替わったのですか？」

「私が洋一郎の抵抗を受けた時です。顔を殴られて、激しい痛みを感じた瞬間、タケシが現れました。あのままにしておけば、洋一郎は大変なことになっていました」

それはよく覚えている。タケシは洋一郎の首を絞めていた。

「私が危ないとどうしてわかったのですか？」

「あの日、洋一郎がお洒落して家にいました。彼は家にいる時はいつも普段着です。それと、通いの家政婦がいませんでした」

そう言って卓也はちょっと顔をしかめた。「洋一郎は、過去に何度かあの部屋に女性を連れ込んでいます。まさか、息子の家庭教師を連れ込むとは思っていませんでしたが」

そうだったのか。卓也はずっと私をどこかで見ていたのだ。もしもの時は部屋に飛びこもうと思ってくれていたのだ。たいていは離れにいる彼が、私のために屋敷に潜んでいたのだ。

卓也は私の目をじっと見つめて言った。

「梅田さんに何かあったら、絶対に助けるつもりでした」

その瞬間、自分の胸の鼓動が早くなるのがわかった。思わず卓也から目を逸らした。

私ったら何を動揺しているの、と自分に言った。彼が助けてくれたのは深い意味があるわけじゃない。誰だって、家の中で身内が女性をレイプしようとしたら、助けるに決まっている。こんなふうに俯くなんて、おかしいと思われる。普通に顔を上げて彼を見ないと――。でも意識すればするほど、余計に顔を上げられなくなった。

卓也も何も言わなかった。二人の間に沈黙が続いた。

私はテーブルの紙コップに手を伸ばし、その水を飲み干してから、椅子から立って新しい水を入れにいった。

紙コップに水を入れてテーブルに戻ると、そこに卓也はいなかった。

9

岩本家で修一を教えている間、ずっと落ち着かなかった。

いや、二日前、スターバックスのテーブルから卓也の姿が消えてからずっと心が揺れている。

こんな気持ちは久しぶりだった。

ある意味でシチュエーションが悪すぎた。あんな場面であんなふうに助けられたりしたら、最高のヒーローに見える。恋じゃなくても、それに近い感情になっても不思議じゃない。

それに彼は完璧な男性だ。紳士で、知的で、男らしい。魅力を感じるなという方が無理だ。

でも彼が完璧なのは、本来は存在しないからだ。進藤先生が言っていた、「卓也は広志が理想とする人格」、つまり彼は「作られた人間」なのだ。そんなことは頭ではわかっている。それでも、卓也のことを思うと、胸の高まりを抑えられなかった。

丸二日経ってもこの感情は消えなかった。しかし恋じゃない！　あくまで恋に似ているだけだ。私は懸命に自分にそう言いきかせた。この感情はしばらく経てば必ず消える。だから、それまで卓也に会いたくなかった。

二日間、携帯電話の電源はほとんど落としていた。そして数時間ごとに電源を入れ、留守電が入っていないのを確かめて、ほっとした。でも同時に、自分にこんなことをさせる卓也が憎らしく思った。

この日も家庭教師が終わると、早々に引き上げた。携帯電話の電源はずっと切ったままだ。電車に乗るまでは電源を入れる気はなかった。

岩本家を出てしばらく歩くと、突然、後ろから「梅田さん」と声を掛けられた。驚いて振り返ると、卓也が立っていた。

私は緊張してお辞儀をした。卓也は少し困ったような、はにかんだ表情を浮かべた。その顔を見た瞬間、卓也ではないと直感した。

「広志さん？」

「はい」

広志は少し嬉しそうに微笑んだ。

「お久しぶりです」

「はい」

広志は足早に私に追いつくと、私の隣を歩いた。

「もしよかったら、お茶でも飲みませんか」

広志からそんなふうにストレートに誘われるとは思っていなかったから、少しびっくりした。

私が「はい」と答えると、広志は「駅前のスタバでいいですか?」と訊いた。

一瞬、スタバには卓也がいるかもしれないと思ったが、すぐにその馬鹿げた発想に苦笑した。いつのまにか私の中で、卓也と広志が別の男性になっていたのだ。

「スタバじゃ嫌ですか?」

「いいえ」と私は答えた。「でも、よかったら新宿に出ません?」

「はい」

広志は目を輝かせて言った。

ホームに入って電車を待っている時、ふと、卓也は今この光景を見ているのだなと思った。いや、卓也だけではない。純也や、その他の人格も見ているに違いない。それに気付くと、急に緊張してきた。と同時に、なんだか自分が見世物になっているような気がして複雑な気持ちになった。

まもなく電車が来た。私と広志は並んで座ることができた。

「新宿に出るのは久しぶりです」と広志は言った。

「そうなんですか」

その頃には、私は開き直っていた。別にやましいことをしているわけではない。見られたってかまわない。自然体で広志と接すればいいのだ。

「前は新宿によく行っていました」

新宿には進藤先生のクリニックがあることを思い出した。久しぶりと言ったのは、最近はクリニックに通うのは卓也の役割になっているからだろう。広志はずっとクリニックの部屋だけに現れていたのかもしれない。

「梅田さんは――」

広志が言いかけてやめた。

「何ですか?」

「いや、なんでもないです」

「大丈夫です。なんでもおっしゃってください」

広志がつばを飲み込むのがわかった。

「梅田さんは――素敵ですね」

広志はびっくりするくらい大きな声で言った。向かい側に座っている乗客たちが一斉にこちらを見た。広志自身も自分の声の大きさに驚いていた。多分、思い切って言ったものの、声を加減できなかったのだろう。

「すみません――」

今度は蚊《か》の鳴くような小さな声で言った。私は思わず笑ってしまった。今の光景を見て卓也たちも笑っているかもしれないと思った。

私は「ありがとうございます」と答えた。

広志はそれっきり何も言わなかった。私も黙っていたが、別に気詰まりな沈黙ではなかった。長い間、人と接することがなかった広志が、こうやって一所懸命、人とコンタクトを取ろうとしている姿は素敵だなと思った。

新宿駅で降りて、南口に出た。甲州街道を渡った先のホテルのラウンジでお茶をすることにした。

広志はテーブルに着くなり、「梅田先生は今、お付き合いしている方がいらっしゃるのですか」と訊いた。私が結婚していると答えると、彼はひどく驚いた。それから目に見えて元気がなくなった。滑稽だとは思わなかった。彼が私に対して好意以上のものを抱いているのがわかったからだ。六月に二度、私が岩本家を出る時に玄関で一緒になったのは、やはり偶然ではなかったのだ。

私は広志に大学で働いていた時のことを尋ねた。彼は物理学の研究室で一所懸命に取り組んでいたテーマを話した。難しい話で私には全然理解できなかった。でも彼は話すうちに、だんだん元気になってきた。表情を見ていると、その研究に夢中だったことがよくわかった。それにしても広志にこんな雄弁な面があるとは意外だった。

話の途中で、広志はふと「梅田さんは数学を学んでいたのでしたね」と言った。夫人から聞いたのかもしれない。

「数学は素敵な学問ですね」

「そうですか」

「物理学は永久に数学を追い抜けないんです」

「それはどうしてですか？」

「物理学は常に数学を使わないといけないからです。ニュートンが微積分の公式を考えたのは、惑星軌道が掃く面積は常に一定であるという、ケプラーの仮説を証明するためです。そして微積分の公式を使って、すべての物の間にはその距離の二乗に反比例した引力が働くという、万有引力の法則を発見したんです」

「全然、理解できません」

広志は苦笑した。

「とにかく、物理学は数学を用いないと、法則も公式も導き出せないんです。だから、数学が到達している先には物理学は進めないんです」

「そんなこと全然知らなかったわ」

「たとえば電子物理学は複素数を用いないと計算できません。虚数の概念そのものは十六世紀に発見されていますが、これがなければ電子物理学は行き詰まっていたことでしょう」

虚数と呼ばれる複素数は実際には存在しない数字だ。でも二乗するとマイナスの実数になって姿を現す。それって人間の「無意識」に似てるかも、と一瞬思った。

気が付けば、一時間近く経っていた。

「そろそろ帰らないといけません」

そう言うと、広志は少し悲しそうな顔をした。

「今日は楽しかったです。また一緒にお茶を飲みましょう」

「はい」

広志は嬉しそうに微笑んだ。

ホテルを出て、新宿駅に向かう途中、広志が不意に立ち止まった。彼の視線の先を追うと、道路を挟んだ向こうの歩道に、母親に手を引かれて歩く六歳くらいの小さな女の子がいた。広志はその女の子を凝視していた。あまりの真剣な表情に、一瞬、広志にはロリータ趣味があるのかと思った。

女の子はゆっくり歩道を歩いていた。足が悪いのかなと思った。しかし悪いのは足ではなかった。女の子は目が見えなかったのだ。母親に左手を引かれ、右手に白い杖を持っていた。

かわいそうね、と広志に言おうとして、驚いた。彼が泣いていたからだ。

広志は立ち竦んだまま、通りの向こうを歩く盲目の女の子を見つめて、涙を流していた。私は見てはいけないものを見たような気がして、思わず目を逸らした。

私はもう一度女の子を見た。その時、初めて彼女の不幸を感じた。彼女は目の前に広がっている風景を見ることができないのだ。絵も見られず、本も読めず、母親の顔さえわからない暗黒の世界で、これから何十年の人生を生きなくてはならない。やがて少女になり、成人女性になっても、健常な女性のように華やかな青春は送ることはできないかもしれない——広志は彼女を見た一瞬で、そんな思いを抱いたのだ。

私も広志も黙って歩いた。二人とも一言も話さなかった。

私は広志の繊細すぎる心に痛々しさを感じた。普通の人なら、少し同情するくらいのところを——人によっては気にも留めないことかもしれない——広志は涙さえ流してしまうのだ。

広志が多重人格にいたった理由の一つが見えた気がした。そんな繊細な心では、とてもこの殺伐《さつばつ》とした世界では生きていけない。広志はあの美しい庭の中でそっと生きていればいいのかもしれないと、ふと思った。しかし、すぐにそれは間違いだと気付いた。広志はかつては悲しむことさえできなかったと卓也が言っていたのを思い出したからだ。以前はこんな時には別の人格が現れて涙を流していたのだろう。でも今は悲しみとしっかりと向き合っている。それって素晴らしいではないか。人格を統合するということはそういうことなのだ。

＊

翌日の昼過ぎ、近所のスーパーで買い物をして、マンションに戻る途中、卓也から電話があった。携帯電話の表示画面に卓也の名前を見た時、一瞬どきりとした。

卓也は、明日、家庭教師の後に会いたいと言った。私は了承した。それだけの短い会話だった。

電話を切った後、歩きながら鼻歌を歌っている自分に気が付いた。さっきまで陽射しにうんざりしながら歩いていたことを思い出して、苦笑した——私ったら、うきうきしてる。

でも後ろめたい気持ちはなかった。それは自分の気持ちに折り合いをつけていたからだ。卓也は素敵な男性だとは思うが、恋をする気はない、ただ素敵だなと思っているだけだ、と。それなら浮気ではないし、不倫にもならない。第一、村田卓也は現実には存在しない男だ。言うなれば、映画の主人公のようなものだ。スクリーンのヒーローに憧れても、それは本当の恋じゃない。

それに卓也は私に言い寄ってこないという確信があった。だから彼と会っても大丈夫だ。第一、卓也とは恋愛はできない。もし仮に私が独身でも彼と恋に落ちることはない。なぜなら、村田卓也は岩本広志が作り出した人格の一部だからだ。

歩道の街路樹でセミが鳴いていた。ああ、もうすっかり夏なんだと思った。


翌日、スターバックスで卓也と会った。家庭教師を終え、卓也との待ち合わせ場所に向かう私は、憧れの先輩に会う女子高生みたいな気分だった。

「急いで来たのよ」

席に着いた私が言うと、卓也は笑った。自分の気分が高揚しているのがわかった。でも、同じくらい卓也も喜んでいると思った。

「広志のことだけど――」

卓也が言った。

「梅田さんのことを好きになってる」

私は驚かなかった。おそらくそうだろうと思っていたからだ。ただ、卓也がそう言うならば、それは本当のことだ。

「この前の広志さんと私のデート、見てたのですね」

　私はあえてデートという言葉を使った。卓也は少し困ったような顔をしてうなずいた。

「別に覗き見するつもりじゃありませんでした」

「わかってます」

　卓也はほっとした顔をした。

「卓也さんは広志さんの心の中もわかるのね」

　卓也はうなずいた。「広志は、はっきり梅田さんに恋しています」

　その言葉を聞きながら、心の中を見るってどういう感じなんだろうと思った。具体的な映像や文章で見えるはずはない。感情が以心伝心のように伝わるのだろうか。

「でも、困りましたね」と卓也は言った。

「どうして?」

　卓也は意外そうな顔をした。「梅田さんは困らないのですか?」

　ああ、そうか、卓也は私のことを心配して言ってくれたのだ。

「告白されない限りは大丈夫です」

「広志は、告白などしないでしょう」

　私もそう思っていた。

「でも、どうして、私のことを好きになったりしたのでしょう。ほとんど話したことがないのに」

「広志は今まで女性と付き合ったことがありません。だから、何というか――」

「恋に恋する、みたいな感じですか」

「そうです。まさしく、それです。ほとんど一目惚れに近いです。広志が最初に梅田さんに恋したのは、初めて廊下で会った時です」

その時のことはよく覚えている。私が二階のトイレから出て修一の部屋に戻ろうとした時に、玄関ホールを見下ろす廊下ですれ違ったのだ。あの時、広志は私とほとんど目を合わさなかった。それなのに、私に恋していたなんて――。

「広志は梅田さんに恋をしてから、あなたが来る日は、いつも朝からドキドキしていました」

「知りませんでした」

「以前の広志は、女性に恋しても、絶対に自分から話しかけたりはできませんでした。ですが、今は少しずつ人とコミュニケーションを取れるようになっています」

「いくつかの人格が統合されたからですか」

「そうです。性格的な幅が数年前とは違います」

ふと卓也はどうなんだろうと思った。彼は女性に恋したことはあるのだろうか。その恋は、広志のように遠くから見つめているだけの恋だったのだろうか。

「広志は馬鹿ですね」卓也は呟くように言った。「報われない恋なんて、しても無意味なだけなのに」

「そうでしょうか」

「そうだと思いますよ」

「恋をするって、素敵なことだと思います。たとえ、その恋が叶わなくても」

「そうですか」

「だって、人が人を好きになるって、素晴らしいことです。だから、恋をしている広志さんは素敵だと思います」

卓也は黙っていた。

「卓也さんは——恋したことがありますか？」

卓也は「ありません」とあっさり答えた。

「一度も、ですか」

「はい」と卓也は力強く答えた。「一度もありません」

なぜかその言い方にかちんときた。

「じゃあ——あの時、なぜ私を助けてくれたのですか？」

「好きじゃなければ、見て見ぬふりをするのですか？」

「そんなことを訊いたわけじゃないです！」

つい語気が荒くなってしまった。卓也は少し困ったような顔をした。

「今日はなんで私に会いたいと言ってきたんですか？」

「お話ししたかったからです」

「話って、広志さんのことですか」

「どうしたんですか、怒ってるんですか」

「私、そろそろ失礼します」

腕時計を見ながら言うと、卓也はにっこり笑って「はい」と言った。その笑顔は、素敵に思えなかった。

「では」

立ち上がると、卓也は「気を付けて」と言った。「楽しかったです」

「どうでもいいことですが――広志さんの方が卓也さんよりも人間味があります」

それだけ言うと、私はさっさと店を出た。

電車に乗ってからも、私の苛立ちはおさまらなかった。卓也は私のことなど何とも思っていなかった。そのことが悔しかった。

彼が私を助けてくれたのは、好きだったからではなかった。家の中で行なわれようとしている犯罪を防いだだけのことだ。いや、兄の洋一郎に鉄槌《てっつい》を下すチャンスと思っただけかもしれない。それなのに私ったら、一人で浮かれて――。自分自身が腹立たしかった。

新宿でJRに乗り換えて、自宅マンションのある駅で降りた。

駅前のスーパーで少し買い物をして、家に向かった。途中、近道するために公園に入った。暗い道だが、かなりショートカットできる。

突然、後ろから「聡子さん」と呼ばれた。驚いて振り返ると、卓也が立っていた。

「どうしたんですか」

卓也はしばらく黙っていたが、小さな声で「すみません」と言った。

彼は、スターバックスからここまで私をずっと追ってきたのだ。謝ったのはそのことだろうか。彼はうなだれるように立ちつくしていた。こんな自信なさげな彼の姿は見たことがない。もしかしたら卓也ではなく広志かもしれない、と思った。

「聡子さん」

卓也がもう一度言った。苗字でなく名前で呼ばれたことに気が付いた。

「私は――」卓也はかすれた声で言った。「あなたが好きです」

私は固まってしまった。卓也は深く頭を下げた。

「それを言いたかったのです」

卓也はそれだけ言うと、くるりと踵《きびす》を返して歩いていった。私は驚いてその背中を見ていたが、慌てて彼を追った。

公園の入り口近くで追いついた。

「それだけ言うために、ここまで来たの?」

卓也はうなずいた。

「途中の駅で何度も声をかけようと思いました。でも勇気が出ませんでした」

卓也は俯いたまま言った。その声が震えているのに気が付いた。こんな卓也を見るのは初めてだった。

「さっきは好きでないみたいなことを言って、すみませんでした」卓也はずっと下を向いたまま言った。「本当は、広志と同じように、聡子さんが好きでした」

「私を見て言って」

卓也は顔を上げて私の目を見た。

「聡子さんが好きです」

私は卓也を抱きしめた。彼は一瞬何が起こったのかわからない感じで、されるがままでいたが、突然、私を強く抱きしめ返した。胸が圧迫されて、思わず「あっ」と声が出た。

卓也は私にキスした。私は抗《あらが》わなかった。

卓也のキスは唇をぶつけてくるような荒っぽいキスだった。でも、いやじゃなかった。やがて卓也は唇を離した。

「キスを――」と卓也は泣きそうな顔で言った。「したのは、初めてです」

私はその瞬間、たまらない気持ちになった。気が付いたら自分からキスしていた。卓也は私を抱きしめたままキスを受けた。

すぐ横を誰かが通るのがわかった。自分がこんなことをしているのが信じられなかった。唇を離して、「誰かに見られてる」と言った。

卓也は私を抱いていた手を離すと、腕を取って、暗い木立の中に引っ張った。私は彼に引かれるようについていった。

卓也は私の体を大きな楠《くすのき》の木にもたせかけると、再び抱きしめてキスをした。相変わらず卓也のキスは唇を合わせるだけだった。私は舌を出して、卓也の唇の中に差し入れた。卓也は一瞬驚いたようだったが、唇を開いて私の舌を受け入れた。私は卓也に舌をからませた。卓也が体を押し付けてきた。私の後頭部が楠に何度も当たった。

ああ――私、どうかしている。でも、いけないことをしているという意識はなかった。自分には夫がいるという自覚もどこかへ飛んでいた。

スーパーの買い物袋が手から滑り落ちたが、拾う気はなかった。

卓也が「聡子さん、聡子さん」と何度も言ってるのが聞こえた。私は卓也の背中を抱き、肩を抱き、頭を抱いた。指で卓也の髪の毛をまさぐった。

卓也さん、と呼ぶ自分の声が遠くで聞こえたような気がした――。

帰宅してからも、しばらくはぼーっとしていた。康弘はまだ帰っていなかった。

公園にはどれくらいいたかわからない。何度キスしたかも覚えていない。キスだけであんなにめろめろになるなんて、信じられなかった。

気がつくと、二人でベンチに並んで座っていた。二人とも帰ろうと言い出せずに、じっと黙って座っていた。あんな感情を味わったのは、何年ぶりだろう。十代の頃まで遡《さかのぼ》らなければならない。

そうなってしまったのは、おそらく卓也に同調したからだ。彼はまるで少年のようだった。いつもの完璧な彼ではなく、不安と憧れに満ちた幼い想いを、ストレートに不器用にぶつけてきた。私はその感情に同調してしまったのだ。

とんでもないことをしてしまったのかもしれないと思ったのは、翌日になってからだった。

夫に対しての罪悪感ではない。彼には申し訳ない気持ちはあったが、そんなに強いものではなかった。康弘には今も相手がいるのを知っていたから、これで相殺くらいの気持ちもあった。

失敗したと思ったのは、キスした相手が生身の人間ではないということだ。私が抱きしめてキスしたのは実体のある体であり唇だが、それは「岩本広志の体」という単なる器だ。私がキスしたのは「村田卓也」という精神的な存在だ。

ここにいたっては卓也に恋している自分を認めないわけにはいかなかった。

しかし——と思った。忘れられない想いではない。昨夜のキスは素敵だったが、一時の遊びと割り切れる。この恋は突き進む恋であるはずはない。卓也が今後、少年のように想いをぶつけてきても、私は毅然《きぜん》とした態度を取るべきだ。今度、卓也に会ったら、そのことをはっきり告げよう。彼がだだをこねても、そうしなければならない。

彼がもし、私から抱きついてきたことを非難してきたら、それがどうしたの、ときっぱり言おう。私は無理矢理抱きついたわけじゃない。いかに経験がなくても、それを受け入れた彼の方にも男性としての責任はある。むしろ、そんなふうに無茶を言ってきてくれた方が気が楽になる。それに、私の中に芽生えつつある恋も消しやすい。そう考えると、気持ちがいっぺんに軽くなった。


翌週、三日ぶりに岩本家を訪問する時は、気持ちの整理がついていた。

その日の授業が終わった後、夫人から話があると言われた。用件は八月から家庭教師の回数を減らしたいということだった。夏休みに入り、修一が塾の夏期講座に通うので、これまでの週四回を二回にしたいと夫人は言った。私にとってはむしろ都合がいいと思った。岩本家に行く回数が減れば、それだけ卓也に会う機会も減る。あの時は一時の激情に溺《おぼ》れてあんな行為をしてしまったが、互いに徐々に気持ちを冷ましていけばいい。

洋一郎はあれ以来、私の前に一度も姿を見せていなかった。夫人は何も気付いていないらしく、私に対する態度が変わることはなかった。彼女は、あの部屋で夫が危険な火遊びをしていることなどまったく知らないのだろう。夫の卑劣な顔を、美しい妻は一生知ることはないのかもしれない。いや、女の勘は鋭い。書斎のソファーやテーブルの微妙な位置のずれやグラスのしまい方などから、夫以外の人間が書斎に入ったことを察しているのかもしれない。そして何もかも飲み込んで鈍感な妻を演じ続けているのかもしれない。それなら、夫こそ妻のそうした顔を知らずに終わるのだろう。

そんなことを考えていると、普通の人間の方こそよほど多重人格かもしれないと思った。

岩本家を辞して、駅に着くと、改札の前に卓也が立っていたが、別に驚かなかった。半ば予想していたからだ。

「先日はどうも」

私は会釈して言った。卓也も軽く挨拶した。

「お茶でもいかがですか」

「すみません。今日は時間がなくて——」

卓也は素直に「はい」と言った。あっさりと引き下がったので、少し拍子抜けをした。

「後でこれを読んでください」

卓也は私に一通の封筒を渡した。それを受け取ると、彼は右手を差し出してきた。その手を握ると、彼は強く握り返してきた。

「痛いわ」

笑って言ったが、卓也はにこりともしなかった。それどころか少し怖いような目で私を見た。

「それじゃ」

卓也はそう言うと、もう一度私の手を強く握った。そしてその手を離すと、小さく頭を下げた。そして振り返ると、去っていった。

マンションに戻るまで我慢できず、電車の中で封筒を開けた。手紙は万年筆で丁寧に書かれていた。卓也の美しい文字にどきどきした。

熱い気持ちが込められたラブレターかと思って読み始めたが、そうではなかった。別れの手紙だった。まず初めに「先日の行為」を詫《わ》び、自分のような人間があのようなことをすべきではなかったと書いていた。「先日の行為」とはキスのことで、「自分のような人間」とは病気のことを指しているのはわかった。文面からは卓也の強い倫理観が滲み出ていた。私のことを素敵な女性と書き、初めて好きになった女性だと記してあった。その文章を読んだ時は一瞬胸が熱くなったが、手紙の最後に書かれていた「二度と会いません」という言葉を見た時、全身が凍りついた。

手紙を三度読み直して、卓也が本気だとわかった。冗談や駆け引きで書いた文面ではなかった。

目を閉じ、駅で別れる時の卓也の様子を思い出した。あの時——彼は私の手を強く握った。私を見つめる真剣なまなざしは、別れを覚悟していたからだ。少しも気付かなかった。

何か取り返しのつかないことをした気持ちになった。今、電話したら、卓也が出るかもしれない。これまで一度も彼に電話したことがないのは、誰が出るかわからなかったからだ。

冷静さを失っている自分に気付きながら、着信履歴から卓也の番号をリダイヤルした。しかし電車は地下を走っていて、圏外だった。まもなく次の駅に着き、圏外の表示が消えた。もう一度リダイヤルすると、卓也の電話は電源が入っていないか圏外であるというアナウンスが聞こえた。そのアナウンスは、逆に私をほっとさせた。

携帯電話をバッグにしまってから、初めて少し冷静になった。そして、自分ももう卓也には会わないと決めた。

10

私は淡々と家庭教師を続けた。

修一は夏休みに入っていたが、七月中は従来の週四回のペースは変わらなかった。

卓也からの連絡は一度もなかった。もしかしたら一度くらいはあるかもしれないと思っていたが、二週間が過ぎると、彼はやはり本気だったのだとわかった。あまりにも唐突な別れに、戸惑い以上の何かを感じたが、一方的な宣言に、怒りに近い感情を覚えてもいた。

卓也の真摯《しんし》な気持ちは認めても、あまりにも勝手すぎる。自分の感情しか考えていない。そんなのは男らしいとは言わない。むしろ不実な男だ。そう考えると、そんな男性ともう会わずに済むのはいいことだと思った。

八月に入り、修一はお盆を挟んで塾の夏期合宿に二度行くことになったので、家庭教師は九月まで休みになった。

ちょうど康弘が比較的長い休みを取れたので、二人で北海道へ旅行に行った。

釧路《くしろ》まで飛行機で行き、そこでレンタカーを借りて、根室《ねむろ》や知床《しれとこ》を回った。久しぶりの旅行は気分転換になった。康弘はこの夏休みを取るためにずっと仕事に追われていたから、こんなに長い間、一緒にいるのは久しぶりだった。

旅の間、卓也を思い出すことはほとんどなかった。たまに思い出しても、まるで遠い人のような気がした。

旅行中、私はよく笑った。といっても、康弘に「よく笑うようになったね」と言われて気付いたことだ。

「そんなに笑わなかった？」と私は訊いた。

康弘は車を運転しながら、「ああ、七月はずっと機嫌が悪かったよ」と言った。

「そんなことはないと思うけど——家庭教師で疲れてたのかな」

私はそう言いながら、康弘の指摘に驚いていた。自覚はなかったが、洋一郎や卓也のことで少し参っていたのかもしれない。

車は知床に向かっていた。時刻は昼前だった。道路の両側に広大な草地が広がっていた。少し開けた窓から入ってくる風が気持ちよかった。空は気持ちいいくらいに晴れ渡っていた。

「例の多重人格の男、その後、何か面白い話はあった？」

「何も」

「それにしても、おかしな病気だよな」

「康弘は信じてなかったんじゃないの？」

「今は信じてるよ。あれからいくつか本を読んだ」康弘は言った。「解離性同一性障害なんて何か高級そうな名前が付いてるけど、要は精神病だろう」

そう言われればそうだ。初めて見た病気だったから奇妙に思えたが、あえて言えば単に「頭のおかしい人」というだけかもしれない。

北海道の雄大な空と大地が、私の心から「多重人格」という病的な世界をすっかり遠ざけていた。

旅行から帰って二、三日経ったころ、新宿に買い物に出かけた。

買い物を終えて、駅に向かう交差点で、はっとした。広志とすれ違ったような気がしたからだ。

振り返って見た。小田急線の方に向かっている男は広志に間違いない。少し猫背で俯きながらゆっくり歩くのは広志特有の後ろ姿だ。卓也や宮本とは違う。おそらく進藤先生のところからの帰りだろう。

私は小走りに広志を追って、歩道で彼の肩を叩いた。

振り返った広志は、一瞬驚いた顔をしたが、私が「こんにちは」と言うと、にっこりと笑った。

「今、すれ違ったんですよ」

「気が付かなかった」

当然だと思った。すれ違った時もかなり離れていたし、私の方がよく気が付いたなと思ったくらいだった。

「帰るところですか？」

「はい」広志は言った。「梅田さんは、どこかへ行く予定ですか？」

「私も帰るところ」

広志は少し間を置いて、「よかったら、お茶でも飲みませんか」と言った。

「喜んで」

広志は嬉しそうな顔をした。

二人は前に行ったホテルのラウンジへ入った。

「今日はとてもいい日です」テーブルに着いた途端、広志は明るい声で言った。「まさか梅田さんとこうしてまたお茶を飲めるなんて」

「ありがとうございます」

「梅田先生はしばらく見えなかったですね」

「修一君の塾の夏期講習で八月は休みなんです」

広志は知らなかったようだ。

「じゃあ、九月になったらまた来られるんですね」

「首にならなければ」

広志は微笑んだ。その笑顔はすごく無邪気に見えた。この人は本当に純粋な人なんだと思った。

表情が以前よりもいきいきしている。私のせいかなと思った。今この光景を卓也も見ているのかしら。

不意に広志が顔を固くした。

「梅田さんに言いたいことがあります」

一瞬どうしようと思った。恋の告白は勘弁してもらいたい。お茶なんかに誘うんじゃなかったかな、と少し後悔した。

「ぼくは——解離性同一性障害なんです」

予期せぬ言葉に、どう反応しようか迷った。でも考えてみれば、広志から直接聞くのは初めてだった。

「もしかしたら、知ってました?」

私は黙ってうなずいた。

「誰に聞いたんですか?」

「村田卓也さんです」

広志は小さくうなずいた。そして「卓也か」と呟いた。

「梅田先生はどこまでご存じですか?」

「どこまで、と言われると、答えるのが難しいですが——」

私は卓也と進藤先生から聞いた、現在の症状だけを話した。虐待の具体的な話はしなかった。

私が話し終えると、広志は少しほっとした顔をした。

「そこまで知ってるなら、ぼくがあらためて話すことはありませんね」

「広志さんがそのことを知ったのはいつですか？」

「八年前、進藤先生のクリニックで、です」

「それ以前は、わからなかったんですね」

広志はうなずいた。

「子供の頃から記憶が消えるという自覚症状はありました。十代の終わりから二十歳前後はそれほどでもなかったのですが、大学三年生くらいから、また激しくなりました。それに幻聴に悩まされるようになりました。頭の中で、他人の声がはっきりと聞こえるのです」

「それって、交代人格の声だったんですか？」

「そうです。でも当時はそれがわかりませんから、自分の頭がおかしくなったと思いました。ずっと頭痛に苦しめられていて、ノイローゼみたいになって、いろんな精神科に行きました」

「進藤先生のところが最初ではなかったんですね」

「違います。たしか四つ目くらいだったと思います。進藤先生に初めて解離性同一性障害と診断されました。それまでは鬱病とか統合失調症とか言われていました」

「初めて知った時は驚いたでしょう」

「それは驚きましたよ」広志は真面目な顔をして言った。「最初は信じませんでした。でも、ビデオを見せられて——認めざるを得ませんでした」

「ビデオ?」

「私の中の交代人格たちのビデオです。最初は進藤先生に、これは全部自分だと言いました。自分が演技をしているのだと。でも、先生に一つ一つ質問され、ごまかし切れず、最後は、ビデオの中の人物たちは私の知らない人たちだということを認めました。それから治療を受けることに同意し、契約書にサインしました」

「契約書にサインですか?」

「解離性同一性障害の治療の場合は、よく行なわれるそうです。サインは私だけじゃないですよ。交代人格全員のサインがあります」

「十二人がサインするのですか?」

「私を含めて十三枚の契約書があります。交代人格の全員の同意がないと、治療ができないそうです」

今さらながら、解離性同一性障害という病気の複雑さを知らされた思いだった。

「八年の間に、七つの交代人格が進藤先生のカウンセリングと説得を受けて、統合されました」

「統合される時は、どんな感じですか?」

「うまく言えませんが、失っていた自分を取り戻す感じでしょうか。忘れていた記憶が戻ってくる感覚です。たとえば、子供の頃はできたのに大人になって忘れていた『あやとり』のやり方を思い出すみたいな感じと言えばわかりますか? あるいは、ずっと忘れていたアニメのストーリーを思い出す、みたいな」

すごくわかりやすい喩えでびっくりした。広志は知的な人だとあらためて感じた。

「でも、記憶だけじゃないでしょう。性格とか感情はどうなんですか?」

広志は少し考える表情になった。

「梅田さんはこんなことはないですか?」と広志は逆に訊ねた。「なぜか気分がうきうきする日とか、逆にイライラする日とか?」

「あります」

「それに近い感じです。以前は同じことでも笑えなかったのに、なぜかよく笑うようになったとか、前は我慢できた怒りを爆発させてしまうとか――」

広志の話を聞いていると、多重人格者というのも、普通の人とそう変わらない気がしてきた。性格の変化なんて別に珍しいことではないのかもしれない。

「広志さんは、すると、性格が変わったのですか」

「自分ではよくわかりません。ただ、治療が進んで、よく笑ったり泣いたりするようになりました。前は小説を読んでも感動したりすることはなかったのに、今はすごく心が動きます」

広志は治療が進んでから感情を表現することが多くなったと、進藤先生が言っていたことを思い出した。

「こんなこと聞いていいのかどうかわかりませんが、治療は順調に進んでいますか?」

広志は曖昧に首を横に振った。

「進藤先生は、思わしくないと言っています」

「どうしてなんですか？」

「統合されることを拒否している人格がいるようです」

「それは誰ですか？」

広志は答えなかった。知らないのか言いたくないのかは、わからなかった。

「梅田さん」

不意に広志が言った。

「聡子さんは、その――」

広志は言いかけて顔を赤らめた。それから口をつぐんで、アイスコーヒーを飲んだ。彼が何を言おうとしたのか想像がついた。そして言えなかった彼を、かわいいと思った。

広志はしばらく俯いて、コーヒーを飲んでいた。

不意に彼の表情が消えた。まるで魂が抜けたみたいな顔になって、目がうつろになった。あれっと思った次の瞬間、彼の目に光が戻った。

彼は自分が持っているグラスを不思議そうに見つめた。それからそれをテーブルの上に置き、顔を上げて私を見た。私は思わず息を呑んだ――目の前の男は宮本純也だった。

純也は私を見て、にっこりと笑った。「やあ」

私はかなり動揺していた。まさかいきなり純也が出てくるとは思っていなかった。

「久しぶり」

「宮本さんね」

「覚えてくれてた？」純也は嬉しそうに言った。「よくすぐにわかったね」

「どうして出てきたの？」

「広志が引っ込んだからだよ」

「引っ込んだ？」

「あいつは都合が悪くなると引っ込むんだよ。現実から逃げるんだ」

「都合が悪いことは別になかったわ」

「君に告白しようとして失敗したからだよ」

「広志さんは、今、どこにいるの？」

「さあ」と純也は言った。「どこかで眠っているよ」

「あなたはずっと見ていたの？」

「うん。広志は勇気がないな。好きなら好きと言ってしまえばいいのに。見ていてイライラしたよ。俺ならすぐに言うよ」

「好きと言えないのは、それだけ真剣に想っているからよ」

純也は、ふんと言った。

「俺は君が好きだよ」

「ありがとう」

「広志を見ていると本当にイライラする。あいつはいつもそうだ。やりたいこともできずに、言いたいことも言えない。あいつのせいで、俺たちはいつも我慢させられてきたんだ。ずっとだよ」

純也は広志への嫌悪を隠そうとはしなかった。

「あんなやつはずっと眠っていたらいいいんだ」

「本気でそう思ってるの？」

「ああ、本気だよ」

「あなたが治療の邪魔をしているのね」

純也は私を睨んだ。

「それがどうしたの」

「あなたはひねくれているわ」

純也は立ち上がった。一瞬、暴力をふるわれるかと思って身構えたが、そうではなかった。彼は黙って立ち去った。

私は純也の後姿を茫然と見ていた。

新宿から帰る時、突然、卓也を思い出した。私は慌てた。なぜ今さら卓也のことなんか思い出したのかと自問した。広志と純也の二人に会ったからだ。彼らの顔と声が、私に卓也を思い出させたのだ。

私は二人に苛立ちをぶつけたくなった。あの二人ではなくて卓也に会いたかった。

私が広志と純也の二人と話している時、卓也はどこかで見ていたはずだ。だったら、なぜ、現れてくれなかったのだ。広志が姿を消した時、なぜ純也ではなく卓也が出てきてくれなかったのだ。

この時、卓也が二度と会わないと言ったのは本気だったと、はっきりわかった。もしかしたら新宿駅ですれ違った時、あそこにいたのは卓也だったのかもしれない。私を見て、咄嗟に広志に体を譲ったのだとしたら――その可能性は十分にある。あの時、広志は一瞬、虚を衝《つ》かれた顔をしていた。

もう一度、卓也に会いたい――そう思った瞬間、その想いはずっと心の底に沈められていたのだとわかった。一度浮き上がってきたその感情を認めてしまったら、もう止めようがなくなった。

なぜ卓也は私の前に出てきてくれないのか。そんなに私の前に出るのがいやなのか。それとも、本当は私のことが真剣に好きだから、出てこないとでもいうのか――そんなのは馬鹿げている。ハードボイルドの世界じゃない。

突然、新しい考えが脳裏に浮かんだ。もしかしたら、卓也は私の前からだけでなく、永久に現れないのかもしれない。その瞬間、心がひやっとした。もしそうなら、本当に二度と会えない――。

心のどこかで、もう一度卓也に会えると、何の根拠もなく思っていたことに気が付いた。すぐにではなくても、また以前のように話せる日が来るだろうと。そしてその時までに、自分の気持ちを冷ませばいいと考えていた。

卓也に会いたくてたまらなくなった。これが恋かどうかなんてどうでもいい。彼が作られた人格かどうか、私はなにをしたいのか、彼に会ってどうしたいのか、そんなことはどうでもよかった。ただ、卓也に会いたかった！

今から新宿駅に戻って広志を追いかけたら、追いつくだろうかと考えた。そのあまりの愚かさに笑いたくなった。電車の暗いガラス窓に向けて無理に笑顔を作ると、泣き笑いの顔になった。


翌朝、目覚めても、私の中の狂おしい気持ちは消えていなかった。これまで恋なんて何度もしたが、こんな激情にかられたことはない。一晩寝たら、気持ちが冷めているかもしれないという、一縷《いちる》の望みはむなしかった。昨夜以上に卓也への想いが募っていた。

朝食の支度をしながら、卓也に電話をしようと決意していた。

康弘はいつもよりのんびりしていた。もともと文芸誌の編集者は普通のサラリーマンみたいに朝は早くない。

なかなか家を出ない康弘にいらいらした。新聞のくだらない三面記事を話題にされた時は、「そんな話、興味ない！」と言ってしまった。康弘は「機嫌が悪いなあ」とぶつくさ言いながら出て言った。私はその背中に向けて、「八つ当たりしてごめん！」と心の中で謝った。

でも、彼がドアを閉めると同時に、デニムのポケットから携帯電話を取り出していた。卓也の番号にかけたが、彼の携帯は電源が入っていなかった。留守番電話サービスにつながった時、一瞬、迷った。しかしその数秒後、「卓也さん、電話して」と吹き込んでいた。

それからは、ただぼーっとしていた。家事も何もする気が起こらず、ダイニングの椅子に座ったり、リビングのソファーに寝転んだりして時間をやり過ごした。

昼過ぎに、携帯電話が鳴った——卓也からだった。

「もしもし——」

私は言った。

「聡子さん？」

「はい」

少し沈黙があった。

「新宿のホテルに部屋を取ってる」

咄嗟に返事ができなかった。

「聞こえた？」

「はい」と私は言った。「でも、お話がしたいんです」

「うん。話をしよう」

「はい」

卓也はホテルの名前と部屋番号を言った。私は一時間以内に行けると答えた。卓也は待ってると言って電話を切った。

時計を見ると一時五分前だった。すぐにシャワーを浴びた。とんでもないことをしているという意識はどこかへ飛んでいた。クローゼットからワンピースを取り出して、大急ぎで化粧をした。ネイルがはげかかっているのが見えた。昨日、新宿へ出た時にネイルサロンに行っておくべきだったと、すごく後悔した。

マンションを出たのは一時半だった。腕時計を見ながら、スピード記録、と呟いた。

ホテルに着いた時、ロビーから電話しようかとちらっと思った。しかし携帯電話をバッグから取り出すことなく、エレベーターに乗っていた。

エレベーターを降りて、静かな廊下を歩いている時、自分の心臓の音が聴こえた。私を動かしているのは自分の足ではないようだった。

ドアをノックした。少し間があって、ドアが開いた。卓也が緊張した顔で立っていた。

「来ちゃった」

私はわざとおどけたように言った。卓也はにこりともしなかった。

卓也はいきなり私を抱きしめてキスしてきた。私は彼の背中に腕を回して、彼のキスを受けた。ああ、もう止められないと思った。

卓也の舌が私の口の中を出たり入ったりした。一瞬、違和感を覚えた。私は唇を離して、その顔を見た——卓也ではない！

「いや！」

私は突き飛ばすようにして男から離れた。

「どうしたの？」

男は純也だった。

私は狼狽して部屋の端まで下がった。

「なんで、あなたがいるの」

純也は少し困った顔をした。

「いつ、入れ替わったの？」

純也はとぼけたように首をかしげた。

「そうか——電話もあなただったんだ。卓也さんの真似をしたのね」

「やっぱり君は卓也とできてたんだね」

「帰るわ」

私はドアの方に行こうとしたが、純也が通路に立ちふさがった。

「帰らせて！」

純也は悲しそうな顔をした。そして「もう少しだけ、ここにいてほしい」と懇願《こんがん》するように言った。

「なんのために？」

「聡子さんと話がしたい」

「話なら、部屋を出て、下のラウンジでしましょう」

「いや、ここでしたい」

私はため息をついた。

「そこをどいて」

「だめ」

「お願いだから」

「嫌だ」

「どうしたら帰らせてくれるの？」

「キスさせて」

「えっ」

「もう一度、キスをさせてくれたら——それで気が済む」

私は黙っていた。

「お願い」と純也は言った。「キスだけでいい。さっきみたいに。もう一度だけ」

純也の表情から、さっきまでの傲慢な色が消えていた。私がじっと見つめると、一瞬泣きそうな顔をして目を逸らした。急に彼がかわいそうに思えてきた。

私を騙したのは許せないが、部屋までやって来た私にも落ち度はある。

「キスだけでいいの？」

そう言うと。純也は驚いたように顔を上げた。

「キスしたら、帰してね」

純也は何を言われたのかわからないような顔をしていた。私は純也に近付くと、そっとキスした。彼はぎごちない仕草で私を抱きしめた。彼の頬からは、卓也と同じ匂いがした。

純也はさっきと同じように舌を入れてきた。その舌の動きを感じた時、卓也ではないとはっきり思った。私の口の中を出たり入ったりする純也の舌はナメクジみたいに感じた。その時、卓也もこの部屋にいることに気付いた――彼は今、純也の心の奥からこの光景を見ている！好きでもない男とキスしていることよりも、それを卓也に見られているのが耐えられなかった。

もう嫌だ、と思った時、私の腰に回した純也の手が、お尻の方にゆっくりと移動するのがわかった。同時に純也の息が荒くなってきた。私はキスしていた顔を離すと、両手で彼を押しのけた。

「もういいでしょう」

純也は呆けたような顔をしていた。その目はまるで私を初めて見るような目だった。

「帰ります」

そう言ってドアの方に向かったが、純也は押しとどめようとはしなかった。荒い息を吐きながら、私をじっと見つめていた。

部屋を出てエレベーターホールの前に来ると、ハンカチで唇を拭った。拭いても拭いても気持ち悪さは消えなかった。

エレベーターに乗った途端、自分が惨《みじ》めになって少し涙が出てきた。

その週の終わり、午前中に進藤先生のクリニックに電話をかけた。

診療中だったら取り次いでもらえないかとも思っていたが、受付の女性が「少しお待ちください」と言って、まもなく進藤先生本人が出た。

「すみません。お仕事中でしたか?」私は非礼を詫びた。

「大丈夫です。ちょうど休憩中でした」

進藤先生はそう言った後、意外なことを付け加えた。「実は私も、あなたにご連絡したいと思っていました」

「どうしてですか?」

「広志さんのことで相談したいことがあるのです」

意外な言葉だった。

「私も先生に聞いていただきたいことがあって」

少し沈黙があった。先生は電話の向こうで、何かを調べているようだった。

「梅田さん、明日か明後日の夜は都合がつきますか?」

「両方とも大丈夫です」

「それでは、明日の晩、診察が終わって、そうですね、七時に一緒に食事でもいかがですか?」

「はい」

私は待ち合わせ場所と時間を確認すると、電話を切った。

翌日、七時十分前に待ち合わせ場所の新宿のイタリアンレストランに行くと、進藤先生は既にテーブルに着いていた。

「ビールにします？　それともワイン？」

椅子に座ると、進藤先生は訊いた。

「最初はビールをいただきます」

「よかった。私も最初はビールなの」

進藤先生はウエイターに生ビールを二つ注文した。まもなくビールのグラスが運ばれてきた。二人はそれぞれ前菜とパスタを注文した。

「お疲れ様」

軽くグラスを重ねた。

「まず、梅田さんの相談から伺いましょう」

「いえ、その前に先生のお話をお聞きしたいです」

進藤先生はちょっと微笑んだが、いいでしょうというふうにうなずいた。

「広志があなたに恋しています。ご存じですね」

私は小さくうなずいた。

「広志は長い間、若い女性と話す機会がありませんでした。それが突然、あなたのような魅力的な女性と出会ったのですから、恋をするのは自然かもしれません」

私はどう答えていいのかわからなかった。

「この恋は、治療に大きなプラスになっていきます」

私は無機質な言い方に少し傷ついたが、進藤先生は気にすることなく続けた。

「最近、広志がフーグする機会が減ってきています。実は彼の中にある様々な人格は、広志がフーグしたときに現れることがほとんどなのです。彼が現実の重みに耐えきれなくなった時、あるいは何らかの感情を抱いて、自らがその感情を表出できない時などに、他の人格が現れるのです。ですが、最近になって、交代人格が現れる機会がぐっと減っています」

「それが、私のせいだと？」

「おそらく」

その時、ウエイターが前菜を持ってきた。

「あなたを責めているのではありません。広志がフーグしなくなったのは、人格統合に向けての大きな前進です」

「はい」

「でも、少し困ったことが――」

「何でしょう」

「純也も卓也も、同じようにあなたに恋しています」

私の返事を待つことなく、先生は続けた。

「純也は以前から統合されることを拒否していましたが、最近になって一層強い拒否感を示すようになりました。これもおそらくあなたへの想いからでしょう。皮肉ですね。恋が一方で治療に役立ち、一方で治療を阻害する」

先生はそう言ってビールを一口飲んだ。

「でも考えてみれば、薬だってそうかもしれません。ＢＣＧも病原菌を植え付けることによって、病気を予防するのですからね」

先生はちょっと笑って、「あなたを病原菌に喩えたわけではないですよ」と言った。私も笑いながら「わかっています」と答えた。

「ですから、私はあなたの存在を治療にうまく役立てたいと考えました」

「私に何ができますか？」

ウエイターがパスタを持ってきた。先生は私に「ワインはどう？」と訊いた。私は「いただきます」と言った。先生はメニューから赤ワインのボトルを注文した。

「純也と広志の恋は――少年のような思いです」

ウエイターが去ったあと、先生は続けた。

「はい」

「でも、卓也は真剣に恋していますね」

先生は私の目を見て言った。私は「はい」と答えるしかなかった。私とキスしたことを卓也は先生に話したのだろうかと思った。おそらく話しているだろう。純也もまた、私とキスしたことを話しているはずだ。二人の交代人格とキスした私を、先生はどう思っているだろうと考えると、ちょっといたたまれなくなった。

「卓也は、あなたに真剣に恋するあまり、もう現れたくないと言いました」

そうだったのかと思った。やはり卓也は本気だったのだ。

「自分を抑える自信がない。だから、もう現れたくない、と」

その瞬間、嬉しさと寂しさが同時に生じた。

「卓也さんは――もう現れないのですか？」

「頻度は減りました。ですが、今の時点で卓也がいなくなるのは、治療にとってはマイナスです。卓也には純也を説得してもらう役目があるからです。純也はなぜか卓也の言うことはよく聞きます。実は人格統合をもう少しで説得できるかもしれないところまできていたのです。ところが――」

「私の存在が邪魔をしたわけですか」

「その可能性が大きいです」

「私はどうすれば――」

進藤先生は私の顔をじっと見た。

「その前に梅田さんに伺いたいのですが、あなたは純也を好きですか？」

「純也さんですか？　恋はしていません」

先生はうなずいた。

「それなら、純也にはきっぱりそう言ってください」

その言い方には暗に私を非難する響きがあった。私は先日のホテルでの出来事を説明しようとしたが、やめた。それを口にすれば、卓也に対する想いもすべて言わなければならない。それで「はい」とだけ答えた。

「純也さんには二度と会いません」

「無理にそうする必要はありませんし、それは逆効果です」

先生が何を言おうとしているのかわからなかった。彼女は少し悪戯っぽく笑った。

「恋は、会えない時ほど燃え上がるでしょう」

私も少し笑った。

「もちろん積極的に会うこともありません。あくまで自然体でいいと思います。もし、それで会う機会があれば、純也に、恋が成就する可能性はないと伝えてあげてほしいのです」

「ようするに私の口から、純也さんに、私のことは諦めてくださいと言えばいいのですか？」

進藤先生は黙ってうなずいた。

「わかりました。では、広志さんにもそう伝えたらいいのですね」

今度は進藤先生はうなずかなかった。

「今、広志にそれを伝えると、彼は現実からフーグしてしまう可能性があります」

黙って次の言葉を待ったが、彼女はそれ以上言わなかった。少し気まずい沈黙が続いた。

「広志さんには、純也さんとは違う態度を取れと言うのですか」

先生はその質問には答えずにこう言った。

「広志の性格からして、あなたに想いを告げるということはないと思います」

「でも先生——思わせぶりな態度は取れません」

先生はまた小さくうなずいた。

「ごめんなさい。実はこの問題はまだ私の中でも解答が見つかっていないのです。それなのに、あなたを混乱させることを言ってすみませんでした。今のは忘れてください」

進藤先生はずるいと思った。彼女は言いたいことはすべて言った。あとのことは私に委《ゆだ》ねたのだ。

「進藤先生は広志さんを完治させるつもりなんですね」

「もちろんです」

「患者への愛情からですか？」

「それもありますが、その前に医者としての義務があります」

「難病を治療してみたいという欲もありますか？」

進藤先生は私の目を見て、かすかに笑った。

「こんなところで建前を語っても仕方がないですね。もちろん精神科医として、解離性同一性障害を治したいとは思っています。でも、功名心だけではありません。私はもう八年も広志の治療に取り組んでいます」

「はい」

その時、ウエイターがワインを持ってきて、グラスに注いでくれた。

進藤先生はワインを一口飲んだあとで、「梅田さんが私に訊きたかったことは何ですか？」

と言った。

「卓也さんは、もう現れないのですか？」

「そんなことはありません。あくまで頻度が減ったというだけです」

「私のせいとおっしゃいましたね」

先生の表情はちょうどワイングラスに隠れて見えなかった。

「さっき卓也さんは治療に必要だとおっしゃいましたね」

「あくまで現時点においては、です。このまま卓也の存在が消えると、人格統合がなされないまま、純也と広志の対立が続きます」

「では、私は卓也さんと会った方がいいんですね」

進藤先生の口元が少し笑ったような気がした。少し勢い込んで言ってしまったことが恥ずかしかった。

「その件に関しては、そうですね。もし卓也のことを嫌いでなければ、普通に会うぶんには問題ないでしょう」

普通に会うぶんには、という言葉が気になったが、あまり深く考えないようにした。

「でも、卓也さんは私と会いたくないと言っています」

「それは私が説得します」

進藤先生は私が思っている以上にしたたかな女性だと思った。明らかに私を治療の道具にしようとしている。それも私の女の部分を使って、だ。しかも私の恋心まで上手に利用しようとしている。

本来なら、すべてお断りしますと言って席を立つべきかもしれなかった。でも、そうできなかった。

「あなたに言っていなかったことがあります」

不意に進藤先生が言った。

「何でしょう？」

「前に、広志には、最も多い時は十二の交代人格があったと言いましたね。そして治療の結果、それは五つに減ったと」

「はい」

「あなたはそのうちの四人に会いましたね」

「はい」

「先日、残りの人物に会っています」

「えっ、いつですか？」

「純也とホテルの部屋にいた時です。あなたが部屋を出る直前、もう一人の男性が現れていたのです」

思わず息を呑んだ。そう言えば部屋を出る直前に振り返って純也を見た時、彼は見たこともない暗い目つきで、私を見ていた。あれは純也ではなかったのか――。

「その人は――誰なんですか？」

「セイイチです。年齢は四十を超えています」

　翌朝、いつものように康弘を送り出したが、何をする気も起こらなかった。洗濯機を回したまま、ずっとダイニングの椅子に腰かけたままだった。昨夜の進藤先生の話の気持ち悪さが尾を引いていた。

　先生の話はショッキングだった。「精一」は正確な年齢は不明だが中年男だという。進藤先生の前では滅多に現れることはなく、八年間で二回しか会っていないと言った。なぜなら精一は広志の性欲を司っている人格だからだ。つまり広志や他の人格が性的に興奮すると、精一が現れるのだ。広志の体を乗っ取った精一はマスターベーションをする。そしてマスターベーションが終われば、精一は消える。

「そのためだけに現れるのですか？」と私は訊いた。

「広志は七歳の時にマスターベーションを覚えました。もちろんその時は射精はありません。ですが、幼い男児でも性的な快感はあるのです」

「――はい」

「それを重雄氏に見られました。重雄氏は怒り、広志に厳しい罰を与えました。裸にして縛り付け、男性器を鞭打ったのです。更にライターで亀頭を炙《あぶ》るようなこともしました」

　私は思わず耳をふさいだ。

「これ以後、広志はマスターベーションをしなくなりました。性的に興奮することに大きな罪悪感を覚えたからです。十四歳の時に初めて夢精したときに、精一が現れました。最初から、精一は中年男性だったようです。私の想像ですが、その正体は重雄氏ではないかと思っています。解離性同一性障害の人格の中には、稀に第三者的な人格が混ざりこむことがあるのです」

私は愕然《がくぜん》とした。

「自分を虐待した父親の人格が入り込むなんて！」

「解離性同一性障害の患者が、自分を虐待した人格を交代人格として作り出すケースは決して少なくはないのです。この病気は本当に謎に満ちています。私が精一が重雄氏ではないかと思うのは、純也をはじめ多くの人格が精一の声が重雄氏とそっくりだと言うからです」

「声を出すことがあったのですね」

進藤先生は首を横に振った。

「直接の声ではありません。交代人格たちは、心の中の精一の声を聴いたそうです。それに多くの交代人格たちが精一を怖れています」

私の理解を超えた世界だ。

「十四歳の時に初めて現れて以後、広志や交代人格たちが強い性衝動を覚えると、常に精一が現れたようです。よく男性の中に『下半身は別人格』と冗談でおっしゃる方がいますが、精一の場合は文字通り別人格だったのです。ただ精一はマスターベーションしかしません。実際に女性とセックスしたことはありません。そういう機会は一度もなかったようです」

私は先日の純也とのキスを思い出した。二度目のキスの途中、突然、純也の息が荒くなって、私の腰に回していた手をお尻の方に移動させた——もしかしたら、その時に精一が現れたのか。その疑問を口にすると、進藤先生は「そうです」と言った。

「純也も卓也も、そうだと言っていました」

思わず悪寒《おかん》がして全身が震えた。あの時、私は「精一」という中年男にキスをされ、お尻を撫で回されたのか——。あまりの気持ち悪さに吐きそうになり、ハンカチで口を押さえた。

少し落ち着いてから、進藤先生に訊いた。

「さっき、精一は一度もセックスをしたことがないとおっしゃいましたね」

「はい」

「じゃあ、広志さんもそうなんですか？」

「患者の性生活は守秘義務にあたるかもしれません。これはあくまで友人として聞いてください。広志にはセックスの体験はありません。純也も卓也も同じです」

これは驚きだった。まさか三十歳まで女性経験がないとは——。でもよく考えれば当然かもしれない。むしろそのことに考えが及ばなかった私がどうかしていた。

「卓也さんも——性欲を感じたら、精一が出てくるのですか？」

「今のところ、卓也から精一が出たことは一度もないようです」

「卓也さんは性欲がないのですか？」

進藤先生は少し考えて言った。

「前にも言ったように、卓也は広志が考えた理想の男性です。その人格が生まれた時点で、性欲は存在しないのかもしれません。あるいは、それを抑え込む自制心が人一倍強いのかもしれません」

私はうなずいた。

「性は大きな問題です」と先生は言った。「リビドーを感じた時に人格が分離するようでは完全な治癒は望めません」

私は黙って聞いているしかなかった。

「どう解決すべきか、かなり頭を悩ませました。そこで、他の交代人格にマスターベーションをしてみることを勧めました。医者としては適切なアイデアではなかったかもしれませんが」

それを言う時の進藤先生は自分を責めているように見えた。

「ですが、皆、それを拒否しました」


さっきから脱衣場で洗濯機がピーピー音を立てていたが、動く気がしなかった。

卓也には会いたかったが、精一の話を聞いてしまったからには、もう会うことはできないと思った。もし抱き合っている時に精一が現れたらと考えると、ぞっとした。もしもそれが万が一、ベッドの中だったりしたら——その時は発狂するかもしれない。

11

九月の最初の月曜日、約ひと月ぶりに岩本家を訪れた。

家庭教師の回数は夏休み前に変更になった週に二回のままだった。

卓也に対する気持ちの整理はつかなかった。彼に会いたいのか会いたくないのか、自分でもわからなかった。だから進藤先生のリクエストは考慮しなかった。これは広志や純也に対しても同様だった。私だって広志の病気が治ってほしいとは思っている。しかし今のような中途半端な気持ちで積極的に治療に協力する気持ちにはなれなかった。


あれほど喧《やかま》しかったセミの声はほとんど消えていた。まだまだ暑い日が続いていたが、時折吹く風に秋の気配があった。

久しぶりに見る修一は、以前よりも大人びて見えた。聞けば身長が二センチ伸びたという。問題を解く彼の顔を見ながら、今更ながら子供の成長というのはすごいなと思った。学生時代、教職課程の授業で習った「可塑性《かそせい》」という言葉を思い出した。子供の心は粘土《ねんど》のようなもので、この時期にどれほど変化するかわからない、と年老いた教授は言った。焼き物で言えば、君たちはもう窯《かま》に入れられる寸前だ、と。最後に、私はもうずいぶん昔に焼かれて今は方々にヒビが入っているが、と言って学生たちを笑わせた。

ふいに広志のことが頭をよぎった。彼は大事な時に、形を歪められた粘土かもしれないと思った。そして歪んだまま窯に入れられて焼かれたのだ。進藤先生はそれを元の形に変えようと努力しているが、はたしてそんなことが可能なのだろうか。無理に歪みを取ろうとすれば、逆に割れてしまって、取り返しのつかないことになってしまうのではないだろうか。それとも人間は粘土ではなく、鉄のようなもので、もう一度炉に入れて溶かせば形を変えることができるのだろうか。

久しぶりに二階の窓から見た庭の景色は変わっていた。木々の緑は相変わらず青々としていたが、以前のような純度の高い緑ではなく、どことなく混じりけのある色だった。

花の様子も変わっていた。花の変化は木よりも早い。咲き誇った花たちはわずかひと月ですっかり姿を消し、次の花たちに席を空け渡していた。何種類もの花が咲いていたが、私が名前を知っているのはコスモスと孔雀草《くじやくそう》だけだった。そんな花を見つめながら、ふと、もしもヒロコがいなくなれば、花を育てる人はいなくなるのだろうか、と思った。それとも広志が花を育てるのだろうか。

その日、家庭教師を終えてから、久しぶりに庭に出た。どういう心境かは自分でもうまく説明できなかった。二階から見た美しい花を直接見たいと思ったのだが、それだけではないのはたしかだ。

木製のベンチに腰掛けながら、もしかしたら私は進藤先生に催眠術をかけられているのかもしれないと思った。彼女の言うことを聞く気などなかったのに、今は誰かが声を掛けてくるのを待っている。

はたしてそれは誰だろう。なぜか卓也のような気がした。彼は私に手紙を渡して以来、一度も私の前に現れていない。電話もない。もちろん私も電話をしていない。でも、卓也は私を待っている――二階から庭を見た時、なぜかそう思った。

やがて、正面の木立の中から、男性が現れるのが見えた。

その男性は少し微笑みながらゆっくりと私に近付き、「やあ」と声をかけた。

「こんにちは」

私も笑顔で挨拶した。

卓也は「座ってもいい?」と訊いた。私はうなずいた。

二人は並んで腰かけたまま、しばらく黙っていた。

「もう会わないでおこうと思っていた」

卓也は池を見ながら呟いた。

「どうして、会ったの?」

「聡子のことが——好きだったから」

彼が私のことを呼び捨てにしたのは初めてだった。

「私も」

自分の言葉に驚いた。こんなこと言っていいのかしらと思った。これってもしかしたら進藤先生の心理的誘導によるものなんだろうか——。いや違うわ、と自分に言った。時間を置いたことで、一時の激情が冷めて、とても素直な気持ちになっている。

「この前は、ごめんね」

彼が何のことを言っているのかすぐにわかった。

「私、ひどい目に遭ったわ」

「うん」

「どこに行ってたの」

私は非難するように言った。

「あの時は、二度と会わないと決めてたから——」

「でも、見てたんでしょう」

卓也は小さくうなずいた。その途端、私は恥ずかしさで顔が真っ赤になった。

「最低!」

言いながら、自分は今すねていると思った。こんな恋人同士みたいな会話をかわす気はなかったのに——。卓也に対して怒りに似た感情を覚えた。でも、心のどこかで心地よいと感じている自分がいた。それを感じて、また一層腹立たしくなった。

「会わないと言ったのに、どうして、また現れたの？」

私は卓也の方を見て訊いた。

「会いたかったから」

「子供みたいな言い方しないで！」

卓也は困ったような顔をした。

「会いたかったからなんだ」

もっと言って！　と思った。その想いに気付いた瞬間、胸が苦しくなった。

思わず卓也から顔を逸らした。私はなんて馬鹿なの！　と自分を罵《ののし》った。私と卓也はこんな間抜けな会話をする関係ではない。もっと深刻で、異常で、奇妙な関係なのに――。

一瞬、自分が多重人格者になったような錯覚に陥った。自分の意志がばらばらになったような気がしたのだ。

「聡子に――」と卓也は喘《あえ》ぐように言った。「会えないのは耐えられなかった」

私は黙ってうなずいた。聡子と呼び捨てにされるのは嬉しくもあった。

「私、結婚してるのよ」

口にした瞬間、自分は何を言ってるのだと思った。卓也は黙っていた。

卓也の方を向いてはっきりと言った。

「あなたを好きになることはできないわ」

しかし、卓也は私の目を見て、「好きになってほしい」と言った。私は信じられないことに「はい」と答えていた。自分は気が狂っているのだろうかと思った。

「明日、会えますか」

私はまた「はい」と答えていた。

翌日、十時前に待ち合わせの新宿のホテルに着いた。卓也はロビーで待っていた。

「お茶でも飲む？」

と私は言った。卓也はかすかに首を横に振り、そして静かに言った。

「部屋を取ってる」

「だめです」

「どうして？」

「どうしてって——そんなつもりで来たんじゃないから」

卓也はじっと私の目を見ていたが、黙ってエレベーターホールの方に向かった。私はその場にとどまって、遠ざかる彼の背中を見ていた。

卓也は一度も振り返ることなく、エレベーターホールに姿を消した。仕方なく私は後を追った。彼はエレベーターの前で立っていた。

「ラウンジでお茶を飲みましょう」

卓也は答えなかった。卓也の前のエレベーターのドアが開いた。

「ねえ」

卓也は私の言葉を無視して、エレベーターに乗り込んだ。私は一瞬迷ったが、その後に続いた。すぐにドアが閉まった。

「こんなやり方って、卓也さんらしくないわ」

卓也は私の目を見た。そして「無理矢理にでも連れて行く」と言って、私の手を握った。

エレベーターが卓也の押した階で止まってドアが開いた。卓也は私の手を握ったまま、エレベーターを降りた。私はまるで牽引《けんいん》される車のように、卓也に引かれて廊下を歩いた。

卓也はある部屋の前で、カードキーを差し込んだ。ドアが開いた。

彼が部屋に入ろうとした時、私は訊いた。

「あなたは、卓也さんですね」

彼は振り返って、微笑んだ。

「ぼくだよ」

その顔を見て、卓也に間違いないと確信した。彼は大きく深呼吸して言った。

「今日は、一世一代の勇気を振り絞った」

そして私の手を強く引いた。部屋の中に入っていく自分が他人の体のように感じた。

後ろでドアの閉まる音がした。私は卓也の体に腕を回した。卓也は小さな声で、ごめんね、と言った。

「いいの」と私は言った。「もう何も言わないで」

二人は部屋の入り口近くでキスをした。何度もキスを繰り返し、ゆっくりと部屋の中央に移動した。それから何度目かのキスの時、抱き合ったまま、ベッドの上に倒れた。

私は卓也の上になり、何度もキスをした。彼の両手が私の背中を上下した。一瞬、不安を感じて唇を離した。

卓也は私の気持ちを察したのか、優しく言った。

「大丈夫。精一は出ない」

私は小さくうなずいた。

「聡子」と卓也は言った。「ぼくは、今まで一度も――」

私は唇を彼の口に押しつけて、その言葉を封じた。それからゆっくりと彼のシャツのボタンをはずしていった――。


私は卓也の裸の胸に顔をつけて横たわっていた。彼は私の髪を撫でていた。心地よい疲れが全身を覆っていた。

「ごめんね」卓也は言った。

「どうして謝るの?」

「無理矢理、部屋に連れ込んだから」

「一世一代の勇気を振り絞ったんでしょう」

卓也はうなずいて言った。「そう。力ずくだった」

私は卓也にキスした。彼は力ずくと言ったが、実際にセックスをリードしたのは私だった。卓也が本当に初めてなのはすぐにわかった。私は「大丈夫よ」と囁きながら、卓也の上に乗って、彼の体を愛撫した――。

卓也とこうなったことに後悔はなかった。結婚して初めての不倫だったが、康弘に申し訳ないという気持ちは感じなかった。ただ、絶対に知られてはならないと思っていた。

目の前に卓也の胸があった。その肌には細長い筋のような傷跡が何本もあった。おそらく幼いころの虐待の跡だ。背中にもあった。鞭で打たれてできたものか、刃物でつけられたものかはわからなかったが、痛々しかった。シャツを脱がせて初めて目にしたときは思わず息を呑んだ。そしてすぐ、幼い広志はどれほどの恐怖と痛みに耐えたのだろうと思って、涙が出そうになった。

大きな傷は彼の性器にもあった。男性の性器にあんな傷を見たのは初めてだった。私は胸がつぶれそうになった。そして傷を癒すように口で含んだ。その瞬間、卓也が泣きそうな声を上げるのが聞こえた。

――そんなことを思い出しながら、私は卓也の胸の傷を指でさすっていた。

「うまくできた?」

卓也がふと私の顔を見て訊ねた。私は彼の胸に顔をつけたままうなずいた。

「とても、素敵だった」

彼の全身から少し緊張が解けるのを感じた。

「よかった」

私は彼の体を触った。すると、また固くなった。

「精一は出なかったよ」

その名前を聞いて、少し緊張した。卓也は私の目を見て微笑んだ。

「大丈夫。ずっとぼくだった」

私はうなずいた。あの最中、卓也は何度も私の名前を呼んだ——それはまぎれもなく卓也の声だった。そのたびに私も卓也の名前を呼んだ。

「彼はどうしていたの？」

「部屋の奥にいた」

「出ようとはしなかったの？」

「していたよ。でも、純也とタケシに押さえられていた」

「そうなの？」私は思わず大きな声をあげた。「そんなことがあったの？」

なんて不思議な世界、と思った。彼の心の中はどうなっているのだろう。

「じゃあ、純也さんとタケシさんは——見ていたのかしら？」

「もしかしたら、見られたかもしれない」

恥ずかしいと思ったが、不思議と嫌悪感は覚えなかった。二人が精一を押さえてくれたということを聞いたからかもしれない。

私は卓也の固くなったものを触りながら言った。

「卓也さんは今、性欲を感じてる？」

「うん」

「それは卓也さんの性欲ね」

「そうだよ」

「もう一度、できる？」

「うん」

「じゃあ、今度は卓也さんが上になってくれる？」

「できるかな」

「大丈夫。教えてあげる」

卓也は上半身を起こすと、ゆっくりと私の上に覆いかぶさってきた。彼の重みを感じながら、足を開くと、お腹の奥がきゅっとなるのを感じた。


二度目のセックスの後、私は少し眠っていた。目が覚めると、ベッドに一人だった。卓也は椅子に腰かけて私を見ていた。私はまだ半分眠っていた。

「起きてたの？」

ベッドに寝転んだまま訊いた。卓也はもう服を着ていた。

「うん」

「どうして寝なかったの？」

「眠ると――」卓也は言った。「目が覚めた時、自分でいられる自信がないから」

眠気がいっぺんに覚めた。私はベッドから飛び起きると、裸にシーツをまきつけたまま、椅子に座る卓也にしがみついた。

卓也は私の乱暴な抱擁に笑った。卓也がどこかへ行ってしまうような恐怖を感じた。

「寝てる間にどこかへ行ったりしないで」

卓也はうなずいた。

「目が覚めて、違う人がいたら、私は悲鳴を上げるわ」

卓也は私を安心させるように、優しく抱いた。

「でも、あまり長くはいられない」

思わず顔を上げて、「どういうこと?」と訊いた。

「ぼくは長くても六時間しかいられない」と卓也は言った。「あと一時間――いや、もうそんなにないかな」

「一時間経つとどうなるの?」

卓也は悲しげな目で私を見た。それから首を小さく横に振った。

「誰が現れるかわからないのね」

卓也はうなずいた。

あと一時間以内で、卓也はいなくなる――以前に何度か見たように、突然、呆けたような表情になって、直後に誰かがやってくるのだ。

「誰でも六時間で交代なの？」

「いや、決まっていない。数日の時もあれば、もっと長い時もある。でもぼくは昔から六時間が限度だった。今日は九時前に広志から入れ替わったから――」

卓也はサイドテーブルの時計に目をやった。時刻は二時過ぎだった。

「六時間以上はいられないの？」

「すごく疲れて――眠ってしまうみたいになる。だから、そんな時は誰かと入れ替わってもしばらくは記憶がない」

「完璧な記憶の卓也さんでも空白の時間があるのね」

「決して完璧じゃないよ。ぎりぎりまでいる時はそうなってしまう。だから、六時間もいることは滅多にない」

「今はどうなの」と訊いた「疲れてる？」

「頭の奥がぼんやりしている。だから、ぼくである間に、お別れしたい」

私は卓也から離れると、急いで下着をつけた。シャワーを浴びたかったが、バスルームにいる間に、卓也がいなくなるのが怖かった。服を着ながら、「まだ消えないで」と言った。卓也は「大丈夫」と答えた。

部屋を出たのは、二時半だった。卓也がフロントでチェックアウトを済まして、二人でホテルを出たのは、その十分後だった。

「ごめんね。慌ただしくて。全然ムードがなかったね」

卓也に言われて初めて、そのことに気が付いた。セックスの後にこんなに慌ててホテルを出るなんて、大学時代にラブホテルに行った時みたいだと思った。でも、そんなことよりも、今横を並んで歩いている卓也が消えてしまう方が心配だった。

私たちは新宿駅を目指して歩いていたが、無意識に早足になっていた。

二人とも黙って歩いた。

新宿駅がすぐ近くに見えた時、卓也の歩みが遅くなった。道路を渡って、数歩遅れた卓也を振り返って見た私は、心の中で、ああ！　と声を上げた。そこには卓也の姿はなく、代わって広志が驚いたような顔で私を見ていた。

広志は「梅田さん」と言った。私は仕方なく、うなずいた。

「誰かと――いたんですね」

「はい」と答えた。「卓也さんです」

その瞬間、広志の顔が少し強張った。明らかに嫉妬《しっと》の感情だ。広志がそんな感情をあらわにするなんて少し意外だった。進藤先生の言っていたように、彼は積極的に感情を表に出すようになっていたのかもしれない。

「どこかへ行くところだったんですか？」

「いいえ、帰るところでした」

「どこへ行っていたんですか？」

「お茶を飲んでいただけです」

答えてから、男性はあの行為の跡は体に残るのだろうかと思った。たとえば疲れや痛みのようなものが残るのだろうか。だとしたら、広志は今、自分の体に違和感のようなものを感じているのだろうか。でも、たとえばれたとしても、卓也とセックスしていたと広志に告げる気はなかった。

「もし、よかったら」と広志は言った。「ぼくともお茶をご一緒できませんか？」

一瞬、迷った。広志とお茶を飲むのが嫌なのではない。それを卓也に見られるのが嫌だった。でも、卓也は消えた直後はしばらく眠っているというようなことを言っていた。それに、仮に広志とお茶を飲んでいるところを見られたとしても、突然、自分が消えたので、広志を無下《むげ》にできなかっただけと理解してくれるだろう。

「少しだけなら」

広志は嬉しそうに笑った。

二人は駅ビルの喫茶店に入った。

「梅田先生に会いたいと思っていました」広志はコーヒーを飲みながら言った。「まさか、今日、こんなふうに会えるとは思っていませんでした」

「私もです」

「ぼくのこと、気持ち悪くないですか？」

「どうしてですか？」

「解離性同一性障害なんて、普通じゃないでしょう」

「気持ち悪いと思ったら、こうして一緒にお茶していません」

広志はにっこり笑った。

「梅田先生の趣味はなんですか？」

「趣味ですか？」

長いこと、そんな質問をされたことがなかったから、少し戸惑った。

「本を読むことでしょうか。音楽を聴くのも好きです」

「どんな本を読まれるのですか？　音楽はどんな曲を聴きますか？」

こんな会話は苦手だった。自分が読む本のジャンルやよく聴く音楽の話なんか、今はしたくなかった。

「まあ、いろいろです。あまり好みはありません」

「そうですか」

広志は少しがっかりした顔をした。私は彼の趣味を聞いてやるべきかなと思ったが、また本や音楽の話になるのが嫌で、黙っていた。

「旅行は行きますか？」

「今年の夏は北海道へ行きました」

「北海道はどうでしたか？」

さすがにうんざりしてきた。こんな会話、楽しくもなんともない。仕方ないから、私から質問した。

「広志さんは様々な人格のビデオを見たとおっしゃっていましたね」

「はい」

「それぞれの人格に対してどういう印象を持ちましたか？」

「印象も何も――驚くばかりでした」

「好きな人や嫌いな人はいました？」

広志はすぐには答えなかった。

「それぞれ印象が違います。ただ、好きとか嫌いとかという視点では見ませんでした」

「たとえば、純也さんはいかがですか？　宮本純也です」

「彼の快活さは羨ましいと思いました」

次の言葉を待ったが、それだけだった。

「村田卓也さんはどうでしょう？」

「卓也は――素晴らしい人格ですね」

そう言う広志の表情に、かすかに嫉妬の色が浮かんだ。

「礼儀正しくて、言葉遣いが丁寧で、話すことも非常に理路整然としています。進藤先生に対しても堂々と受け答えをしていますし、態度も自信に溢れています。それでいて傲慢な感じはどこにもない。パーフェクトな人です」

卓也をそんなふうに褒めてもらって嬉しかったが、同時に奇妙な感じがした。

「進藤先生は、卓也さんは広志さんが作りだした理想の人格ではないかとおっしゃっていました」

「らしいですね」

「だとしたら、広志さんの中に、そうした素晴らしい部分があるということじゃないんですか」

広志は少しさびしそうに首を横に振った。

「ぼくはあんなふうには振る舞えません」

私は複雑な気持ちがした。たしかに私自身、こう言いたい、こうやりたい、と思ってもできない行動が山のようにある。それと同じかもしれない。

不意に広志が言った。

「梅田先生の携帯電話の番号を教えてくれませんか」

えっ、と思った。広志は私の電話番号が自分の携帯電話の電話帳に偽名で載っていることを知らないのだ。おそらく卓也は、それに純也も、私との電話の発信着信履歴はその都度消していたのだろう。別に教えてもよかったが、もし電話がかかってきた時、今以上にややこしくなる。

迷った末、電話番号は教えないことにした。

「ごめんなさい。私は結婚してますし、かかってきた電話を取ることはできませんから」

「いえ、ぼくこそどうかしていました」

私は、いいえと答えた。それから腕時計を見て、「そろそろ帰ります」と言った。

「はい」と広志は言った。「ありがとうございます。今日は楽しかったです」

「こちらこそ」

広志は嬉しそうに笑った。

12

その夜、遅く帰ってきた康弘の顔を見ても、罪悪感をほとんど覚えない自分に少し驚いた。結婚してから康弘以外の男とセックスしたのは初めてだったが、大変なことをしたという意識はなかった。

罪悪感を覚えなかったもう一つの理由は、卓也のことで頭がいっぱいだったからだ。夜、寝る時も、昼間のホテルの光景が何度も頭の中でフラッシュバックした。

素敵なセックスだった。あんなふうに自分が一からリードするセックスは初めてだった。細かい行為と言葉のやりとりを思い出すたびに、体の奥がじゅんとなる感じがした。卓也の初めての女性になれたことが嬉しかった。私のコンプレックスの一つだった小さな胸も全然気にならなかった。

卓也とセックスしたいと願っていたわけではない。今日のことは、言うなればもののはずみのようなものだ。いや、彼が強引に私を部屋に連れ込んだのだ。私は抵抗した。

でも彼とセックスしてよかった。これで、いつか彼と別れても、忘れることができる。もしこのまま彼と結ばれることがなければ、自分の中でいつまでももやもやし続けていただろう。卓也はやがては消えていくかもしれない男だ。そうなった時に、変な未練を引き摺《ず》るくらい辛いものはない。

卓也とはいずれ別れなくてはならない。それがいつかはわからないが、いつその時が来てもいいように、気持ちの整理をつけておかないといけない。その時に慌てふためかないようにしないと、と布団の中で思った。多分、大丈夫だと自分に言い聞かせた。

翌朝、目覚めた時、卓也への想いが一層強くなっているのを自覚した。

でも別に驚きはしなかった。恋にはよくあることだ。言うなれば、風邪みたいなものだ。風邪をひきかけた時はどんなに薬を飲んでも止められない。必ず遅れて熱が出る。でもそれは二、三日、せいぜい数日のことだ。その後は次第に熱もおさまり、元通りになる。恋も同じようなものだ。若い頃はそれがわからず、この熱病はもしかしたら死の病かと深刻に悩んだこともあった。でも、この熱は必ずおさまる。熱を冷ますコツはうまく静養することだ。無理に治そうとするとかえってこじらせる。

卓也とはうまく距離を取ろうと思った。彼から会いたいと連絡があっても、上手にあしらうことだ。卓也はおそらく私以上に恋に燃えているに違いない。生まれて初めてのセックスが、その情熱に拍車をかけているはずだ。でも私は彼のその気持ちをゆっくり冷まさなくてはならない。そうしないと危険なことになる。

そして私が今やるべきことは、早く日常を取り戻すことだ。それで、康弘を送り出してから、溜まっていた家事を片付けた。以前なら掃除や家の中の整理はすごく面倒くさかったのに、自分でも驚くほどてきぱきとやれた。

ところが、その日は卓也から電話がかかってこなかった。会いたい！　と言われた時の言葉まで考えていたのに、ちょっと拍子抜けだった。

翌日も電話はなかった。

三日後、岩本家に行ったが、その日も卓也から連絡はなかった。

翌週になっても状況は同じだった。

私は少し不安になった。私とのセックスは遊びだったのだろうか。いや、そんなはずはない。彼にとって初めての体験だったのだから。それともあの時のセックスが魅力的じゃなかったのだろうか。

セックスに魅力を感じない男性なんているのかしら。いるのかもしれないという気がした。卓也は普通の男性ではない。解離性同一性障害から生まれた人格だ。心は存在しても、肉体は岩本広志のものだ。卓也があの時、実は肉体的な快感をまったく得ていなかったとしても、不思議ではないのかもしれない。その想像は私をゾッとさせた。彼が私とセックスしたせいで、もう会いたくなくなったのだとしたら、とても屈辱的で悲しいことだ。

もしかしたら、広志か純也が携帯電話のメモリーを全部消去したということはないだろうか。

たとえば卓也と私が結ばれたのを知った純也がそうしたか、あるいは広志が嫉妬のあまりそうしたのかもしれない。それとも何らかの事故で携帯電話が壊れたのかも――。ああ、でもそれらは全部ないと気が付いた。携帯の故障や事故なら、私が先日、岩本家を訪れた時に、直接、会いに来れば済むことだからだ。

そんな愚につかないことを悶々と考えていると、突然、恐ろしいことに思い至った――。もしかしたら卓也は今度こそ永久に消え去ったのかもしれない！

私はその考えを懸命に頭から振り払った。八年も治療を続けてきて、唐突に、卓也のような重要な人格が消えるなどということがあるはずがない。よほどのことでも起こらない限りそんなことはない――そう思った時、あの時のセックスに思い至った。

もしかしたら、あのセックスは卓也にとって、私が想像するよりもはるかに大きな出来事だったのかもしれない。もともと広志たちにとって「性」は大きな問題だった。虐待には性的なものが含まれていたと言っていたし、リビドーを司る人格までいるくらいだ。何か取り返しのつかないことをしてしまった気持ちになった。

もし卓也が永久にいなくなっていたとしたら――そう考えると、たまらない気持ちになった。彼にはさよならも告げていない。最後に別れたのは新宿の駅前だ。それも何の挨拶もない突然の別れだった。そんな別れってない！

私は一切の不安を消し去ろうと思って、思わず首《じ》を横に振った。すべては私の考え過ぎで、実際は卓也が私を焦らしているだけなのかもしれない。そうだったらいいのに、と思った。そういう駆け引きなら、私だって負けない。でも厄介なのは、卓也は多重人格ということだ。この勝負は私に分が悪すぎる。

でも、もしかしたら卓也は私に飽きてしまったのかもしれない。世の中には、一度セックスをしてしまえば、急速に気持ちが冷めてしまう男がいる。過去にはそんな男とセックスしたこともある。そういう男の見極め方もわかっているつもりだったが、卓也にそんな警戒はまったくしていなかった。もしかして油断していた？

最後に思い至った考えは、卓也が、私へ連絡するのを必死で耐えていることだ。いつか別れなければならない相手だからと、苦しい気持ちでじっと堪《こら》えているのかもしれない。卓也という素晴らしい男性ならあり得ることだ。

そんな我慢ならしないで！　と私は心の中で言った。いつか別れるかもしれなくても、今、私を愛してくれているなら、ぶつかってきてほしい！

翌週になっても、卓也への想いはおさまらなかった。いや、悶々とした気持ちは耐えられないくらいに膨らんでいた。

卓也とセックスなんかするべきじゃなかったと思った。それともセックスの後、あんな中途半端な別れ方をしたのが悪かったのだろうか。直後に広志と話をしたのがよくなかったのかもしれない。あるいはセックスしたことで、恋の炎にガソリンがまかれたのだろうか。

心のバランスが危うくなっているのを自覚していた。半年前までの私とまるで違う。多分、卓也のせいだ。それに広志や純也のせいだ。多重人格者という異常な男たちと接してきたせいで、私の精神の均衡《きんこう》が狂ってきたのだ。でも、もうどうすることもできない。

卓也への想いを抑えるのは無理だと、はっきりわかった。


その週の初め、私は卓也の携帯電話に電話をかけた。七回目の呼び出し音で誰かが出た。

「はい、もしもし」

誰の声かわからなかった。

「梅田です」

私が名乗ると、一瞬沈黙があった。

「岩本です」

その声は広志だった——誰かが彼の声を真似ていなければ。

「卓也さんに会いたいのです」

私は単刀直入に言った。今電話で話している男が卓也以外の誰かであったとしても、卓也は私の声を聞いているだろう。

「ぼくは卓也じゃないですよ」

「卓也さんに伝えてほしいのです」

「伝える方法は知りません」

「ああ、そう」

と言って私は電話を切った。

数秒後、電話がかかってきた。取ると広志だった。

「いったいどうしたのですか？」と広志が訊いた。

「ごめんなさい。携帯の調子が悪くて、切れてしまって——」と私は嘘をついた。

「そうだったんですか」

「一つ伺ってもいいですか？」

「はい」

「卓也さんはもう現れないんですか？」

「そんなことはないと思います」広志は言った。「確信はありませんが」

その言い方から、今も広志の日常には記憶の欠落があるということがわかった。でも彼の時間を奪っているのが、純也か卓也かはわからない。

急に広志が沈黙した。「もしもし」と言っても返事がない。

「もしもし、聞こえてますか」

少し間を置いて、「もしもし」という返事がきた。思わず息が止まった。卓也の声だった。

「卓也さん？　卓也さんね」

「うん」

「出てきてくれたの？」

「うん」

驚きと嬉しさで胸が詰まった。私の声を聞いた卓也が、広志を押しのけて現れてくれたのだ。

「会いたい」思わず言ってしまった。「卓也さんに会いたい！」

卓也は少し黙った。

その一瞬の沈黙が、私を怖がらせた。

「会おう。いつがいい？」

恐怖は一瞬にして溶けた。

「今日は？」

「いいよ」

「じゃあ、新宿駅南口で」

「十二時にしようか」と卓也は言った。

私は腕時計を見た。十時十分前だった。

「十一時に行ける」

「わかった。じゃあ十一時に南口で」

電話で場所を確認した後、もう一度時計を見た。卓也が現れたのは九時四十五分ごろだ。卓也が現れている時間が六時間とすれば、三時四十五分までは一緒にいられる。

私は午後に予約していたエステにキャンセルの電話を入れて、急いで支度した。

新宿へは十一時十五分前に着いた。いくらなんでも早く来すぎたと思ったが、卓也はすでに着いていた。

「どこへ行こう」と卓也は言った。「食事する？」

私は首を横に振った。

「ホテルに行きたい」

その瞬間、卓也の目がぱっと輝いた。彼が喜んでくれて嬉しかった。

「じゃあ、今からホテルを取る」

卓也は携帯でホテルに電話して、デイユースを取った。

ホテルまで手をつないで行きたかったが、我慢した。昼間の新宿だ、誰に会うとも限らない。舞い上がってはいたが、それくらいの配慮はあった。

ホテルには別々に入り、部屋番号をあとで電話してもらった。五分ほど遅れて、部屋を訪れた。

ドアを閉めると同時に、抱き合った。

ベッドの上の卓也は前とは全然違って積極的だった。驚いたが、嫌じゃなかった。むしろ嬉しかった。彼は雄々しく自信に満ちていた。私は卓也の腕の中で何度も声を上げた。

目覚めた時、一瞬、自分がどこにいるのかわからなかった。

「目が覚めた？」

隣で横になっている卓也に言われて、どこにいるかを思い出した。同時に自分が何をしていたのかも思い出した。

　はっきりと卓也に恋していると確信した。一時の気まぐれなんかじゃない。本気の恋だ。卓也がたとえ解離性同一性障害の男性であってもかまわない。この恋がどんな結末を迎えるのかも想像がつかない。二人は結婚することはできないだろう。いつか卓也は消えていくかもしれない。でも、その日が来るまで、卓也とは離れない。

「今、自分がどこにいるのかわからなかった」私は言った。「多重人格になったら、こんな感じなのかな」

「多重人格者はどうしてここにきたのかさえ思い出せない。電車に乗っていると思っていたら、裸でベッドの上にいるのかもしれない」

　想像すれば怖ろしいことなのだろうが、今の私にはどうでもよかった。卓也の横で眠ることが最高の時間だった。

　でも幸福感に浸っていられたのは束の間だった。目が覚めてくるにしたがって、現実感が戻ってきた。なぜだか知らないが、涙が出てきた。

「どうして泣くの？」

「わからない。多分、してはいけないことをしてるから」

　卓也は何も言わなかった。

「こんなことしちゃいけないのに――」

「もうしないよ」と卓也は言った。「これが最後」

私は顔を上げた。卓也は私の顔を見つめた。冗談を言っている目ではなかった。いや、卓也はこんなことで冗談を言ったりはしない。

「この二週間、真剣に考えたんだ」

「私と別れることを?」

「違うよ」卓也は静かに言った。「広志のために消えることを」

心臓にいきなり氷柱《つらら》が突き刺さったかと思った。

「冗談でしょう」

違うとわかっていながら訊いた。そして卓也の顔を見て、冗談ではないと確信した。私の喜びは一瞬にして消えた。楽しくクルージングをしている時に、この船はまもなく沈むと宣言されたような気持ちだった。

「広志は今、前向きに人生を生きている。以前は固い殻にこもっていた。だからぼくを含めた多くの人格が現れた。それはもう頻繁という言葉では足りないくらいだった。皆で広志の体を奪い合っていた。広志はほとんど社会生活が送れなくなった。周囲の人からすれば、狂人に見えただろう。ぼくが現れている時は、できるだけ広志として振る舞ったが、限界がある。周囲との軋轢《あつれき》や孤独感で、広志はますます殻の中に深く入り込んでいった」

私は黙って聞いていた。

「進藤先生が治療を行おうとしても、肝心の広志自身の気持ちが治療に向かっていなかった。進藤先生が言うには、広志は本当のところは治療を望んでいないのではないかということだった」

「どうして、治療を望まないのかしら」

「治癒すれば、現実社会に出て行かなければならない。広志には、現実はずっと恐ろしいものだった。だから、人格が十二から五つに減った時に、治療は停滞した。何年も膠着《こうちゃく》状態になっていた。でも、そこに聡子が現れた」

私は初めて広志に会ったときのことを思い出した。玄関ホールを見下ろせる二階の廊下に立っていた広志は、心が無い人に見えた。でも今は全然違う。

「広志は聡子に恋してから、変わった。治療を拒んでいた無意識の壁が取れたと進藤先生は言った」

「広志さんが治りたいと思えば治るものなの？」

卓也は首を横に振った。

「そんなに簡単なものじゃない。でも、大きな前進だと進藤先生は言っていた。先週、精一は消えたよ」

「人格統合されたの？」

「いや、消えたんだ、完全に」と卓也は言った。「精一は実は統合されることを拒否していた人格だった」

「それがどうして消えたの？」

卓也は少し言いにくそうに言った。

「ぼくがセックスをした時に精一は現れなかったと、進藤先生に報告した時、彼女はすごく重要なことと受け取ったようだった」

進藤先生にはその相手は私だとわかっただろうなと思った。

「その後、純也は初めてのマスターベーションをした。その時も精一は現れていない。その報告を受けて、進藤先生は精一は消してもいいと判断したようだ。長い間、先生は精一を消した方がいいと思っていた。というのも精一はマゾヒズム的な歪んだ性癖を持っていたから。ただ、精一を消すことによって、正常なリビドーまでなくなってしまったらどうしようという心配があった。でも、ぼくと純也の話を聞いて、大丈夫と判断したようだ。精一の記憶はほとんどマスターベーションの記憶しかないので、消してしまっても問題はないという判断だったみたいだ」

「どうやって消したの？」

「エクソシズムを行なった」

「エクソシズムって、悪魔払いの儀式？」

「進藤先生はおそらく便宜的にエクソシズムという言葉を使ったんじゃないかな。本当に宗教的な儀式としてやったのではないと思う。知り合いの心理学の教授を呼んで行なった。その先生は過去に解離性同一性障害で、オリジナルと交代人格に害をなす第三者的な人格を何度かエクソシズムで追い払っているらしい」

まるでオカルトみたいだと思った。

「それで精一は完全に消えたの？」

「それはわからない。もともとが広志の心から生まれたものだから、本当に追い払うことができたのかどうかはわからない。ただ、その人格は性癖とともにおそらく永久に出ないだろうと進藤先生は言っていた」

私はもしかしたら精一は広志の心の奥にある秘密の部屋に押し込められたのかもしれないと思った。そこで精一は永久に眠りにつかされたのかも――もちろん勝手なイメージだ。

「ヒロコももうすぐ消える」

「追い出すの？」

「いや、彼女は人格を統一する。広志の中に吸収されることになる」

「ヒロコさんは嫌がらなかったの？」

「進藤先生は、もともと広志が心の奥に持っていた恋への憧れが、ヒロコという人格を生み出したのではないかと言っていた。つまりヒロコは恋の感情を司っていた、と――」

「広志さんが実際に恋をしたので、その人格が不要になったということ？」

「それはわからないが、広志が恋をしてからヒロコの出現が減ってきたし、ヒロコ自身は広志に統合されてもかまわないと言い始めている」

広志を取り巻く環境が突然、大きく変化を見せ始めていた。精一は追放され、ヒロコも姿を消そうとしている。そうなれば、残るは純也と卓也、それにタケシだけだ。

「タケシさんは？」

「タケシはもう長い間現れていない。眠っていることが多い。進藤先生が催眠術で呼びかけても起きないことが多い」

「眠っているって――卓也さんにはそれが見えるの？」

「姿は見えない。心の中では誰も姿は見えない。ただ存在と意識を感じるんだ。でも、タケシの存在と意識を感じることが少なくなっている」

どういう世界なのか想像もできなかった。でも、タケシという人格が消えつつあるということはわかった。

「純也さんはどう言ってるの？」

卓也はわずかに顔をしかめた。

「純也は消えることを拒否している」

「説得できないの？」

「難しい」

なぜかそれを聞いてほっとした。純也が拒否している限り、解離性同一性障害は治癒しないからだ。治癒しなければ、卓也も消えることはない。でも卓也の次の一言が私を奈落《ならく》に突き落とした。

「ぼくは純也を説得してみせる。それをできるのはぼくしかいない」

卓也の顔には悲壮な決意が見えていた。

「どうして、あなたが純也を説得しなければいけないの」

「ぼくにはそうする義務があるから」卓也は言った。「多分、ぼくはそのために生まれた」

「もしも、純也さんが消えたら、あなたはどうなるの？」

「ぼくも消える」

「消える？　あなたは北海道へ帰るんじゃなかったの？」

「いや」卓也は静かに言った。「ぼくの故郷は北海道ではないようだ」

「あなたは北海道から来たと言ってたわ」

卓也は力なく首を振った。

「どうやら、それは間違っていた。ぼくもまた、交代人格の一人だったようだ」

その告白は私を驚かせた。もちろん卓也が北海道からやって来たなどということは有り得ない。でも彼はそう信じていたし、進藤先生が過去に何度か否定しても、それを受け入れていなかったはずだ。

「どうして、そうじゃないとわかったの？」

「論理的に考えると、有り得ないことだから」

「前は論理的には考えていなかったの？」

卓也は苦い顔をした。彼のそんな表情は珍しかった。これ以上その話をしたくないのだなとわかった。

彼は以前からそのことに気付いていたのかもしれない。ただ、認めたくなかったのだろう。自分は広志とは違う、そして純也たちとも違うということが、卓也のアイデンティティーだったのだ。でも、その人格を生み出したのは、他ならぬ広志ということに、私は不思議な気がしてならなかった。

「そのことは、進藤先生には？」

「言ったよ。進藤先生は、いつかあなたがそのことに気付く日がやってくると思っていたと言った」

卓也の顔には悲しみが浮かんでいた。

「自分は純也たちとは違うと、ずっと思っていた。でも、それは勘違いだった」

「卓也さんは素晴らしい男性です」

「いや、ぼくは広志の心が作り出した人格にすぎない。ある意味、純也やタケシの方がずっと人間らしい心を持っているような気がする。ぼくは――人工的な存在だ」

「違うわ！」私は叫ぶように言った。「卓也さんは卓也さんという一人の人間よ。作られた人格なんかじゃない」

卓也は力なく笑った。

「卓也さんは素晴らしい人です。態度も言葉も。それって、卓也さんがそういう人間だからよ」

「ありがとう」

そう言った卓也の目にうっすらと涙が浮かんでいた。私はたまらなくなって卓也にしがみついてキスをした。

「お願い」と私は言った。「どこにも行かないで」

卓也は答えなかった。私はその唇にもう一度キスした。

卓也は私のキスを受け止め、やがて私の体に腕を回して、しっかりと抱き締めた。それでも私の心から恐怖はなくならなかった。

「お願い。本当にどこにも行かないで！」

「行かないよ」

その優しい言葉は私を余計に悲しませた。卓也が嘘を言ったとは思わなかったが、彼がそう言うしかないのはわかっていた。彼がこんなむなしい優しさを見せるとは思っていなかった。

ベッド脇のサイドテーブルの時計を見た。二時を少し回っている。卓也と一緒にいられるのはあと一時間半ほどだと気付くと、急《せ》き立てられるような気持ちになった。

一秒でも長く一緒にいたかったが、この前みたいな突然の別れは嫌だった。不意に彼の姿が消え、別の男が立っているなんて耐えられない。

私はベッドから起き上がると、「帰りましょう」と言った。

「まだ、時間があるよ」

卓也は言った。その落ち着きが私をいらつかせた。

「そんなに焦らなくても大丈夫だよ」

「ずっといてくれるの？　そうじゃないでしょう」

卓也は少し困ったような顔をした。

「どうして、そんなに怒ってるの？」

私は思わず天井を仰いだ。卓也がこれほど鈍感だとは思わなかった。——何が完璧な人格だ！　女心なんか全然わかってない！　悔し涙がこぼれそうになった。

卓也は私をじっと見つめていた。私はたまらなくなって、卓也の胸に飛び込んだ。彼は優しく抱きしめてくれた。私の頬に温かいものが触れた。顔を上げると、卓也が泣いていた。その瞬間、彼がどれほど私の痛みを自分のものとして感じてくれていたかがわかった。


ホテルを出たのは三時だった。

「お茶でも飲もうか」

新宿駅の近くまで来た時、卓也は言った。私は首を振った。

「あなたが卓也さんでいる間にお別れしたいの」

卓也は黙って小さくうなずいた。

改札で別れる時、卓也は言った。

「今度、いつ会える？」

その言葉を聞いた瞬間、私の胸は喜びに高鳴った。ホテルを出る時からずっと待っていた言葉だった。

「明日」

そう答えた時、卓也は嬉しそうに笑った。そして右手を出した。私がその手を両手で握ると、彼はそこに左手を添えた。

「じゃあ、明日、十二時にホテルの部屋に来てくれる？」

「行く！」

私の隣に立っていた中年の男性が、呆れたような顔でこちらを見たが、気にならなかった。

13

ホテルの部屋に入るなり、卓也とキスした。互いに舌を吸いながら、お互いの服のボタンを外しあった。でも全部脱ぐ前に、抱き合ったままベッドの上に倒れた。

そのあとのことはよく覚えていない。気が付けば、二人とも裸で抱き合っていた。部屋のカーテンが半分開いていると思ったが、どうでもよかった。

時間の感覚が完全にどこかへ飛んでいた。一つになるのにどれくらい時間がかかったのかもわからない。あっという間のような気もしたが、すごく時間がかかったような気もした。

ベッドの上の卓也は完璧だった。こんな喜びを与えられたのは初めてだった。彼はたった二度のセックスですべてを学んでいた。私は何も教えることはなかったし、何もする必要がなかった。ただ、彼の愛撫に身を任せていればよかった。

抱かれながら軽い眩暈がして気が遠くなった。でも、それはもしかしたら睡眠不足のせいかもしれない。前日からずっと気が高ぶって、ホテルに来るまで一睡もできなかったのだ。

気が付くと、私は卓也の腕に頭を載せて寝ていた。彼は私の髪を優しく撫でていた。

「どこにも行かないで」

「ここにいるよ」

私は目を閉じると、また眠りに落ちた。

次に目が覚めた時も同じ格好だった。

「私、眠っていた――」

「うん。寝ぼけてたよ」

「本当？　何か言ってた」

「離婚するから結婚してって」

「嘘」

「本当だよ」

私は卓也の目を見た。その目は笑っていた。

「嘘でしょう」

「本当だよ」卓也は言った。「でも、聡子は寝ぼけてたし、多分、冗談で言ったんだと思う」

私はちょっとだけ寝返りを打って、天井を見た。本当にそんなことを言ったのだろうか。康弘との離婚を考えたことがないとは言わない。でも真剣に望んだことはない。もちろん卓也と結婚するということもだ。

でも、本当に冗談だったのかな、と思った。もしかしたら心の底ではそれを望んでいたということはないのだろうか。前に康弘が言っていた――心には自我とエスがある、と。私が眠っている間に、エスが現れて、そんなことを言ったのだろうか。でも「無意識」であるエスのことは、私にもわからない。わかるなら、それは無意識じゃない。

卓也を愛しているのはたしかだ。彼と最終的にどうなりたい、とまでは考えていない。ただ、今は別れたくない――それだけだ。

でも本当にそれだけだろうか、と思った。今さえよければいいって――それってあまりに短絡的で刹那《せつな》的すぎないだろうか。まるで動物と変わらない。

「何を考えてるの?」

卓也の言葉で現実に返った。

「私、卓也さんのこと、すごく好きなの！」

「ぼくも聡子のことがすごく好きだよ」

「ねえ、突然、消えたりしないで」

「消えないよ。あと二時間は消えない」

「違うの」私は言った。「ずっと消えないで」

卓也は私の目をじっと見て、ゆっくりうなずいた。それから静かな口調で言った。

「ぼくも決めた——聡子のために消えないよ」

「本当？」

「本当だよ。ぼくは進藤先生を裏切る。進藤先生だけじゃない。広志も純也も、タケシも。彼らだけじゃない。今まで、ぼくの説得で消えていった多くの人格たちも裏切ることになる」

卓也の声は震えていた。

「でも、仕方がない。ぼくは悪人になる」

「悪人なんかじゃない」

卓也は小さく首を振った。

「いや、悪人だよ。けど、ぼくはあえて悪人になる」

卓也は見たことがないほど怖い表情をしていた。

「嬉しい」と私は言った。「こんなこと言ったら、卓也さんに嫌われるかもしれないけど——嬉しい」

「嫌ったりしないよ。これはぼくが決めたことだから」

喜びで言葉が出なかった。心の底から感動していた。でも、その喜びと感動はすごくエゴイスティックなものだということもわかっていた。

「聡子はぼくに愛を教えてくれた。だからずっと聡子と一緒にいたい」

私は卓也の胸に顔をうずめた。卓也は私をぎゅっと抱きすくめてくれた。

「私がいいと言うまで消えないで」

「わかった」

「私、ものすごく我儘言ってるのよ」

「うん」

「嫌いにならない？」

「なるもんか。聡子がもういいと言うまで、そばにいるよ」

「ずっと、ずっと、おばあちゃんになるまで、もういいって言わなかったら？」

「ぼくがおじいちゃんになるまでそばにいるよ」

私は思わず笑った。でも泣いてしまった。それを見て卓也は微笑んだ。

「私、夫がいるのに、こんなこと言って——死んだら、地獄に落ちるね」

「地獄なんてないよ」

卓也の顔はもう笑っていなかった。

「現実の恐ろしさに比べたら、地獄なんかなんでもないさ」


その夜、康弘の顔を見た時、初めて罪悪感を覚えた。

私はこの人を一生裏切り続けるのかもしれないと思うと、辛くて彼の顔をまともに見られなかった。

遅い夕食を食べ終わって食器を洗っている時、康弘が後ろからやってきて珍しく私の首に手をまわした。

「今夜、どう？」

私は咄嗟に、ごめんね、と言ってしまった。

「今日は熱っぽくて、早く寝ようと思ってたの」

康弘はがっかりした顔をして「そうかあ」と言って、私から離れた。

卓也の余韻が残っている体を夫に自由にされるのが嫌だった。それがどれほど自分勝手かはわかっていた。食器を洗いながら、康弘ごめん！　と心の中で謝った。

早く卓也に会いたいと思った。食器なんか放り出して、今すぐ家を飛び出して卓也の元に走っていきたかった。


翌日は夕方から岩本家で家庭教師だった。

授業を終えたら、駅前で卓也と会う約束をしていたから、昼前からそわそわしていた。家庭教師に行くときはいつもパンツ姿だったが、今日はワンピースを着ていくつもりだった。もちろんあまり派手でないものを選んだ。

昼過ぎに携帯電話が鳴った。画面を見ると、岩本家からだった。少しいぶかりながら電話を取った。

「もしもし」

「梅田先生ですか？」

岩本夫人だった。

「はい。なんでしょう?」

「修一が熱を出してしまって、今日はお休みさせていただきたいのです」

「わかりました」

これまでの半年間、修一は一度も熱は出していない。彼は元気な子だった。たしか小学校はずっと皆勤と聞いている。

「振替はいつにしましょう」

夫人はちょっと沈黙した。

「しばらく、お休みさせていただくかもしれません。ちょっと調子が悪いものですから――」

「はい。わかりました」

私は答えながら、修一の熱は嘘だなと思った。どんな事情かわからないが、私をしばらく家に来させたくないのだ。背筋に冷たいものを感じた。その理由は、卓也と私のことのような気がしたからだ。夫人は私たちの関係に気付いたのだろうか。

夫人は何だか慌てているような感じだった。それに早く電話を切りたそうな雰囲気だった。

電話を切ったあと、卓也に電話しようかどうか迷った。何となく嫌な予感がして、非通知にしてかけてみたが、電源が入っておらず、つながらなかった。留守電には何も入れなかった。家庭教師に行かなければ、必ず卓也から連絡があるはずだ。おそらく夕方過ぎには電話があるだろう。

悶々とした時を過ごした。何も考えないでいようと思っても、想像するのは嫌なことばかりだった。時間が過ぎるのがとてつもなく長く感じた。

夕方の五時を回っても卓也からの電話はなかった。私はもう一度非通知で電話を掛けたが、相変わらず卓也の携帯は電源が入っていなかった。

結局、その日は電話がかかってこなかった。そして深夜にもう一度だけこちらからかけてみたが、電源は入っていないままだった。


翌朝、もう一度だけ、卓也の携帯に電話をしたが、やはりかからなかった。私はすぐ進藤先生のクリニックに電話した。進藤先生は診療中で取り次いでもらえなかったが、昼過ぎに先生本人から電話があった。

「すみません。さきほどはお仕事中に電話してしまいまして――」

進藤先生は私の言葉を遮って言った。

「梅田さんは、もうお聞きになってるの？」

「何でしょう？」

「何も聞いていないの？」

私は心に冷たいものが降りてくるのを感じながら、「はい」と答えた。

「では、どうして朝に電話してきたのですか？」

「それは――」私は少し慌てて言った。「卓也さんの携帯がつながらなくて、それで先生なら何かご存じかもと思って」

まるで中学生みたいなことを言ってると思った。

「その前に岩本さんの奥様から家庭教師をしばらくお休みすると電話で言われたんです」

「なるほど」と進藤先生は言った。「梅田さん、落ち着いて聞いてください」

「はい」

「昨日、広志が岩本洋一郎氏に暴力をふるいました」

「えっ?」

「洋一郎氏は怪我をして、広志は逮捕されました」先生は淡々と語った。「昨日は私も警察から事情聴取されました」

「すると広志さんは今、警察ですか?」

「知りません」

「何があったのですか? 洋一郎さんの怪我は重いのですか?」

「わかりません」

「暴力をふるったのはタケシさんですか?」

進藤先生は少し間を置いてから言った。

「詳しいことは私にもわかりません」

進藤先生はそう言ったあとに続けた。「今日は一日予定が詰まっていますが、明日の昼なら少しお話しできますが、いかがですか」

「お願いします」

「それでは十二時半にクリニックにいらしてください」

電話を切ったあと、私はしばらく呆然としていた。警察に逮捕されたということは、ただの喧嘩ではない。いったい洋一郎と広志の間に何があったのか。進藤先生は暴力をふるったのはタケシだとは言わなかった。もしかしたら卓也なのかもしれない。

何の根拠もなかったが、暴行したのは卓也のような気がした。卓也は以前、私を助けた時に洋一郎と争っている。その時、家を追い出すと言った洋一郎を、逆に訴えてやると脅した。あの時のことが今回の暴力事件に関係しているということはないだろうか。

ただの傷害事件なのだろうか。殺人未遂のような恐ろしい事件だったらと思うと、不安で仕方がなかった。


翌日、約束の時間に進藤先生のクリニックを訪ねた。午前の診察が少し延びたようで、二十分ほど待たされた。

「すみません。長引いてしまって」

進藤先生が申し訳なさそうに言った。

「いいえ」

進藤先生はクリニックから歩いて五分くらいのところにある日本料理屋に私を案内した。予約していたらしく、三畳ほどの個室に通された。すぐに仲居さんがお茶を持って注文を取りに来た。進藤先生は、お昼のコースを二つ頼んだ。

「昨夜、広志は家に戻ったそうです」

仲居さんが去ったあと、進藤先生は言った。私はほっとした。

「警察からですか？」

言ってから、ほかにないと気付いて苦笑した。進藤先生も少し笑った。釈放されたということは、深刻な事件ではなかったということだ。

「私も事情聴取されて大変でした」

先生はそう言いながら熱いお茶を飲んだ。

「どうなるんですか？」

「弁護士さんが入って、訴えを取り下げる方向で動いているようです。兄弟間のことですから、多分、刑事事件にまでは発展しないでしょう。これは懇意にしている所轄の刑事さんからこっそり教えてもらった情報です」

進藤先生は意外に顔が広いのだなと思った。

「洋一郎氏を殴ったのは広志だったようです」

「タケシさんではなくて、ですか」

先生はうなずいた。

その時、最初の料理が運ばれてきた。

「どうしてわかったのですか？」

「昨夜、広志と電話で話しました。電話なので、あまり詳しく聞けませんでしたが」

「どうして洋一郎氏を殴ったんですか？」

「広志は虐待の記憶のいくつかを思い出しました。その恨みを洋一郎氏にぶつけたのでしょう。その記憶は、タケシが持っていた記憶です」

「すると、タケシさんが統合されたのですか？」

「まだです」と進藤先生は言った。「人格統合の前にまず記憶を共有するのですが、まだその段階でした」

「タケシさんはもうすぐ人格統合されるんですね」

「その第一段階に来たと言えそうです。治療という面では前進かもしれませんが、手放しで喜べません」

「暴力をふるったからですか」

「そうです。タケシの持つ恨みと怒りのパワーが広志の中に入りつつあります。広志は長い間、怒りの感情を失っていました。怒りを受け持つ交代人格がいくつかあったのですが、その代表的な人格がタケシでした。でも、今、タケシの人格が広志に混ざり合って、広志自身がその感情を制御しきれなくなっている状態です」

「どうするのですか？」

「一旦、タケシの人格統合を抑えます」

「そんなことができるのですか？」

「わかりません。でも催眠療法を使ってやってみます」

「それって、一旦治療が後退するということですか？」

「どんな病気も、それに治療も、常に一進一退です。強い薬には副作用があるように、早すぎる回復はかえって体を傷つける場合もあります。長い時間かけて曲がってしまった木を元に戻そうとして急激に力を加えても折れてしまうでしょう」

その喩えはすごく納得できた。広志の解離は何年もかかってできたものだ。治療も十分に時間をかけてきた。でもここにきて急速な変化を遂げつつある。

「統合される瞬間って、どういう感じなんですか。見ていてわかるのですか？」

「一概には言えません。広志のケースでも様々です。過去、七つの交代人格が統合された時も、瞬間的にそうなったこともあれば、知らないうちに統合されていたということもありました。催眠療法中にそうなる場合もあれば、そうでない場合もあります」

進藤先生は説明した後で、すぐに言った。「今度は私から質問させて」

進藤先生のざっくばらんな口調に驚いたが、ちょっと緊張して、「何でしょう」と言った。

「卓也さんと関係を持ったわね」

先生は担当直入に訊いてきた。私ははぐらかすのは諦めて、「はい」と答えた。先生はやっぱりという顔をした。

「なぜ？」

その質問には答えなかった。セックスするのに理由は一つしかない。

「卓也が治療に協力的じゃなくなったわ」

先生の言葉には私を非難するような響きがあった。

「私のせいですか？」

先生は何も言わなかったが、目がイエスと言っていた。

「私にどうしろとおっしゃるのですか？」

先生は初めて困ったような顔をして少し笑った。

「もう関係を持たないでほしい——と言いたいとこだけど、大人に向かって言うセリフじゃないわね。もちろん、モラル云々を論じるつもりもないの」

「はい」

「だけど、これだけは言っておきます。あなたが卓也と親密なお付き合いを続けている限り、広志、しいては卓也の治療は進まない可能性が高い。それに——その関係は決して長くは続かない」

私は黙っていた。先生もそれ以上は何も言わなかった。


翌朝、卓也から電話があった。

「もしもし、聡子？　もしもし——もしもし、聞こえてる？」

私は卓也の声であることを確かめてから、「はい」と言った。

「よかった」卓也は言った。「電話が壊れたのかと思った」

「大丈夫です」

「今日、会えない？」

「会えます」

新宿のホテルで会う約束をして電話を切った。

昼過ぎに卓也が待つ部屋を訪ねた。三日ぶりに見る卓也の顔はひどくやつれて見えた。

「広志さんが乱暴したって、本当？」

「進藤先生に訊いたんだね」

「どうして、そんなことになったの？」

「三日前、タケシを統合する準備をした。完全に統合する前に、タケシの記憶を広志に共有させたんだ」

「虐待の記憶を？」

「そう。タケシが持つ多くの虐待の記憶を——」

卓也は辛そうに言った。

「その瞬間、広志の中に猛烈な怒りが生まれた。これまでは怒りを受け持つのはタケシだったんだけど、初めて広志が凄まじい怒りの感情を持った」

わかるような気がした。あんな過去を思い出せば、誰だって逆上する。

「広志はクリニックで怒り狂って泣き喚いた。その時は、進藤先生もそれを前進と受け止めた。

長い間、重雄と洋一郎に対する記憶と怒りを抑圧してきた広志が、それを認めて解放したことで、治療が大きく進んだと先生は考えたんだ」

私はうなずいた。

「実はぼくもそう思った。広志は重雄と洋一郎への恨みを口にして、涙を流した。広志があんなふうに泣き喚くのは初めて見た。その感情の暴風は一時間以上にわたった。それが終わると、広志は抜け殻みたいになった。そのあとはぼくが受け継いだ。進藤先生は、一番の難所を越えたと言った。あとは、純也の記憶を共有して、その事実を受け止めることができれば、治療は大きく前進する、と」

卓也はそれから大きなため息をついた。

「でも、広志はクリニックですべてを発散してはいなかったんだ。家に戻って、広志に戻った時、彼は再び洋一郎から受けた虐待を思い出した。その日は、たまたま洋一郎が休みで家にいたことが、二人にとって不運だった。広志は洋一郎に殴りかかり、怪我を負わせた」

「あなたが止められなかったの？」

「無理だった。出られなかった」と卓也は少し力なく言った。「それほど広志の怒りのパワーはすごかった。純也もただ見ているだけだった」

私はその言葉を聞いて少し怖くなった。今も突然、広志が現れそうな気がしたからだ。

「広志は洋一郎をめちゃくちゃに殴りつけた。彼の怒りのエネルギーはすごかった。顔中を血だらけにした洋一郎が泣きながら、許してくれ、と言った時、広志の怒りの感情がわずかに緩んだ。その時に、ぼくが現れることができた」

「でも遅かったのね」

「夫人が110番したから大事件になったけど、結局、洋一郎が告訴はしないということで、何とか刑事事件にならずに済んだ。進藤先生も警察に事情を説明してくれた」

「広志さんは取り調べを受けたの？」

「ぼくが受けたよ」と卓也は苦笑しながら言った。「広志としてね」

「じゃあ、自分が殴ったと言ったの？」

「ああ、ちゃんと見ていたから、正確に言えたよ。それに、ぼくは昔から広志のふりをするのは得意だったから」

「この後はどうなるの？」

卓也はすぐには答えなかった。

「このままでは広志は危ない」

卓也は苦しそうな顔で言った。その真剣な表情を見て、私は不安になった。

「広志の感情をコントロールできるのはぼくしかいない」

「それはどういうこと？」

「村田卓也という人格を広志に返す時が来たようだ」

瞬間、私の背筋に冷たいものが走った。

卓也は私の目を見て言った。

「広志は今、自分を取り戻しつつある。ぼくはずっとこの時を待っていた」

「待って！」私は思わず叫んでいた。「お願い。消えないで」

「それはできない」

「どうして？　この前はずっといるって言ったわ」

卓也は、すまない、と小さな声で言った。

「謝ったりしないで！　謝るようなこともしないで」

「聡子――」

私は卓也にそれ以上言わせないように、強引にキスをした。

二人はしばらくキスを交わしたが、やがて卓也は唇を離すと、静かに言った。

「広志は長い間、解離性同一性障害で苦しんできた。いくつもの人格に体を奪われてきた彼が、ようやくにして自分を取り戻しつつあるんだ」

「あなたも苦しんできたはずよ」

私は泣いていた。

「ぼくよりも広志の苦しみの方がはるかに大きい。彼は二十年以上、自分の時間を奪われ続けてきたんだ」

「誰が奪ったって言うの。全部、広志さんが自ら作った人格でしょう。奪われたわけじゃない」

「広志は今、バラバラになった交代人格たちを統一しようとしているんだ。ぼくらにはそれを止める権利はない」

「あるわよ」私は言った。「自分の産んだ子供だからと言って、母親に子供を殺す権利はないでしょう」

「子供とは違うよ」

「一緒よ！　だって一個の人格を持った人間でしょう」

涙が止まらなかった。卓也は悲しそうな目で私を見た。

「お願い」と私は泣きながら言った。「どこにも行かないで」

「聡子、よく聞いて」

卓也は私の肩を優しく抱きながら言った。

「ぼくは死ぬわけじゃない。わかるね」

私はいやいやするみたいに首を振った。

「消えるわけでもない。広志に人格統合されても、ぼくの記憶が消えるわけじゃない。ぼくの

記憶はすべて広志の中に受け継がれるんだ」

「私のことを忘れないの？」

「忘れるわけがない。聡子と過ごした時間、その記憶は消えたりしない」

私は少し混乱した。卓也の言っていることがちゃんと理解できなかった。さんざん泣いて感

情が乱れていたからかもしれない。

「じゃあ、卓也さんはそのままなの？　広志さんの中に入るだけ？」

「そうだよ。だから、安心して」

私はもう一度卓也の胸の中に飛び込んだ。彼は私を抱きしめた。

しばらく抱き合っていると、落ち着いてきた。

「泣いたから化粧が落ちちゃった」

そう言うと、卓也は少し笑った。

「お化粧直してきてもいい？」

「いいよ」

私は卓也から離れると、バスルームに入った。

鏡を見た途端、うんざりした。マスカラは流れているし、頬には化粧が剝がれた涙の筋が何本もあった。こんなひどい顔を卓也に見せていたかと思うと、恥ずかしかった。

応急処置で化粧を直して部屋に戻ると、卓也はベッドに腰かけて、背中を向けていた。

「お待たせ」

卓也が振り向いた。その顔を見て、心臓が止まりそうになった。そこには純也がいた。

「聡子さんか」

「宮本さんね」

純也はうなずいた。私は混乱していた。まだ六時間経っていないはずなのに――。

「村田さんは？」

「やっぱり卓也と一緒にいたのか」

私は答えなかった。卓也から電話があったのは四時間前だ。だからまだ二時間近くは安心していたのだが、卓也はその二時間も前に現れていたのかもしれない。あるいは、卓也の心に何らかのアクシデントがあって、純也が現れたのか。

純也はホテルの宿泊カードを掌で弄《もてあそ》んでいた。

「ここで逢い引きしてたのか」

私は黙って立っていた。身の危険は感じなかった。

「もう済んだの？」

化粧のことを訊かれたのかと思ったが、すぐにそうではないと気が付いた。

「何もしてないわ」

「じゃあ、これからするところだったんだな」

純也は私の体を舐《な》めるように見た。

「ぼくとしようよ」

「いやです」

「どうして？　卓也とはするのに？」

「卓也さんともしていません」

「嘘をついてもだめだよ。卓也から聞いてるんだから」

「卓也さんがそう言ってたの？」

「そうだよ」

それを聞いて、卓也に対してひどく腹が立った。進藤先生だけじゃなく、純也にまで言ってるとは――。

「純也もやれよって、代わってもらったんだよ」

「嘘！」

「嘘じゃないよ。今日は、最初からその約束だったんだよ」

信じられない思いで、全身が固まった。

純也はベッドから立ち上がると、私に近付いた。

「聡子さん、しようよ」

「近寄らないで」

純也はその言葉を無視して、私の手を摑んで抱き寄せようとした。私は持っていたバッグで、彼の顔を打った。留め金のところが純也の右目に当たった。彼は私から手を離すと、目を抑えてその場にしゃがみ込んだ。

「ごめんなさい。大丈夫？」

驚いたことに純也は泣いていた。

少し間を置いて、純也は顔を上げて私を見た。右目の瞼《まぶた》が少し腫れていた。

「ごめんなさい」純也は小さな声で言った。「さっき言ったことは嘘です。卓也はやれなんて言ってない――」

私はうなずいた。

「聡子さん」

「はい」

「聡子さんのことが、本当に好きなんです。最初は軽い気持ちでした。でも今は本気です」

今まで見たことがないような表情だった。この人でもこんな真面目な顔をする時があるのだなと思った。私が見つめていると、純也は目を逸らした。そして俯きながら言った。

「こんな気持ちになったのは初めてです」

純也の肩が小さく震えていた。

「宮本さん」と私は言った。「あなたは今まで女性とお付き合いしたことがあるの?」

純也は驚いたような顔で私を見たが、すぐに俯いた。

「実は、一度もありません」

「一度もないの?」

純也は黙って恥ずかしそうにうなずいた。

「女の人を好きになったことは何度かあります。けど、本気で告白する勇気が湧かなかった」

「どうして?」

「どうしてって?」純也は少し怒ったような顔で私を見た。「ぼくのことを知ってるんでしょう」

私はうなずいた。

「ぼくは、もうすぐ消える人間です」

純也はぽつりと呟くように言った。「ぼくは本来いてはいけない人間なんです。だからもうすぐ消える」

私は何も言えなかった。

「でも、それってすごく理不尽だ！」純也は叫ぶように言った。「ぼくは人生を全然謳歌《おうか》していない。楽しいことを何も知らないままに人生を終わる。ぼくはいったい何のために生まれてきたんだ！」

純也は怒っていた。

「広志を守るため？　ぼくの幼い時の記憶はおぞましいものばかりだ。広志が虐待されているとき、ぼくが彼に代わって虐待を受けた。広志はぼくがいなければ耐えられなかった。ぼくは彼の苦しみを背負うためだけに生まれてきたんだ。それなのに、今、ぼくに消えろと言う。こんな理不尽なことがあっていいのか」

いつのまにか純也は泣いていた。手で何度も頬を拭ったが、涙が床にぼたぼたと落ちた。

純也の言う通りだと思った。彼は虐待を受けるために生まれてきた。もともとは広志自身が虐待から逃れるために自らの記憶を消し、避難用に作り出した「人格」に過ぎなかったが、それはいつしか一つの個性を持つ「人間」になった。

純也は苦難を受けるために生まれてきた人だ。幼少時の楽しい思い出も何もなく、ただ苦しむために生み出された子供——私は彼のことを思って胸が痛んだ。

純也の心が唯一安らかになれるのが、絵を描いている時だったのだろうか。彼が年齢よりも幼く見えるのは子供のころから成長していない証《あかし》かもしれない。

一番多い時は十二もあった交代人格のほとんどが消えた今も、純也は広志の中に残っている。それは、彼が最も古い交代人格だからかもしれない。

「ぼくは青春を何も楽しんでいない」

純也は叫ぶように言った。

「広志は自分一人が楽しくやろうとしている。そんなのは許せない！」

私は純也の言葉を聞きながら、前に広志が、大学三年生の頃から解離が激しくなったと言っていたことを思い出した。同時に、純也は広志を憎んでいるということも思い出した。

「広志にだけ楽しい思いはさせない」

「だから、あなたが邪魔をしたの？」

「ああ。そうだよ。広志が女の子を好きになったり、友達と楽しんだりしようとしたから、ぶっつぶしてやった」

純也はそう言ってけたたましい声で笑った。

「広志はそのせいで恋人も友達もできなかったよ」

純也はまた泣いていた。床にしゃがみこんで両膝を抱えて泣きじゃくるその姿はまるで幼い子供に見えた。

純也がかわいそうでならなかった。同時に、広志の人生を粉々にしてしまった岩本重雄と洋一郎の二人に対して抑えきれない怒りを覚えた。重雄が天寿を全うし、あるいは洋一郎がぬくぬくと暮らしている一方で、純也も、広志も、そして卓也も、苦しみながら生きているのだ。

そして、私も苦しめられている――。

*

それから三日間ほど、自分がどこにいるのかわからない状態だった。

心は相反する考えの間で揺れ続けた。卓也には消えてほしくない。彼がいなくなるなんて耐えられない。もし、彼の心から私への想いが消えたのなら、耐えることはできる。過去には失恋の経験もある。

でも、卓也は私を愛しながら去っていくのだ。しかもただ去るんじゃない。永久にその姿を消し去るのだ――そんなのは絶対に耐えられない！

頭の中は卓也のことばかりで、家事も何も手につかなかった。康弘は食事も作らない私を見ても怒りもしなかった。私のことを軽い鬱だと思っていたようだ。実際に鬱だったのかもしれない。

まもなく十月になろうとしているのに、狭いクローゼットにはずっと夏服がかかったままだった。季節の移り変わりなど私にはどうでもよかった。

何をしても心がどこかへいってしまっていた。気が付くとスイッチの入った掃除機をじっと持ったままぼーっとしていたし、テレビをつけていても、いつのまにか番組が変わっていて、前のがどんなだったかさえ覚えていなかった。

――卓也に消えてほしくない！　それは、病人に病人のままでいてほしいという自分勝手で浅はかな考えだ。卓也と結婚する気もなく、ただ、彼と離れたくないという気持ちだけで、広志の人格統合を拒否することが、どれほど我儘なことかは、進藤先生に言われるまでもなくわかっていた。本人のためには統合した方がいいに決まってる。でも、今の私はそうなった時の喪失感が何よりも怖かった。いや、それを想像するだけで気が狂いそうになる。胸が苦しい。喉に重りかなにかが入っているようだ。卓也がこの世から消えてしまったら、私のすべてを失うような気がした。

いや、だけど、卓也は消えないかもしれない。そうだ、もともとすべての記憶を持っているのは卓也だけなのだ。名前は岩本広志だが、中身は卓也に代わるかもしれない。卓也の中に、広志や純也が統合されるのかもしれない。そう思うと少しだけ希望がわいた。でも、そうなってもやっぱり別人であることに変わりはないと気付くと、再び心のざわめきが戻ってきた。

そんな愚にもつかないことを一日中あれこれと考える日が続いた。

卓也に電話をしたかったが、なぜかそれだけはしてはいけないと思っていた。卓也が出ても、あるいは逆に留守電だったとしても、その瞬間に、私の精神のバランスが壊れてしまいそうな気がしていた。自分の心が今、崖っぷちでひっかかっているのはわかっていた。落ちるのをぎりぎりのところで堪《こら》えている――あとほんの僅かな力が加わるだけで、奈落に落ちてしまう感じ。だから何もせずに、揺れがおさまるのをひたすら待って、その後に、ゆっくり、ゆっくり、よじのぼるのだ。そうすれば、きっと元の健康な心に戻る——はずだ。

今は心のバランスを崩すようなことはしたくなかった。だから卓也に電話をするのは絶対にやめようと思っていた。しかしそう思いながら、携帯電話をずっと握りしめていた。卓也から電話があったら、すぐにでも取れるように携帯を持った手に常に意識を集中させていた。そして一日の終わりに卓也からの電話がないことを確かめると、それでよかったという気持ちと、大きな落胆が同時に襲ってきて、何度も深いため息をついた。


卓也から電話があったのは、最後に彼と会って、四日目だった。

携帯電話から、「卓也です」という声が聞こえた時、気が遠くなりかけた。息が苦しくなって、「はい」と返事をするのがやっとだった。

「今日、会える?」卓也が訊いた。

「うん」

「三日間、電話できなくてごめん」

「ううん」

「出てきたのは、前に、別れた時以来なんだ。今日は、聡子に、会うために、出てきた」

卓也の声がひどく疲れているのに気がついた。一言一言が、すごくゆっくりだった。

「体の調子が悪いの?」

「いや——。でも、自分の体じゃ、ないみたいだ」

「大丈夫なの？　別の日でもいいよ」

「いや、今日、会わないと――」卓也が大きく息を吸い込むのが聞こえた。「もう会えないかもしれない」

思わず携帯電話を持つ手に力が入った。卓也の言葉を頭から振り払った。

「どこに行けばいいの？」

卓也はこの前のホテルの名前を言った。

「すぐに行く！」と私は言った。「多分――一時間後くらい」

「待ってる」

卓也は部屋番号を告げて電話を切った。

私は急いでシャワーを浴び、大慌てで服を着て、化粧をした。頭の中はずっと空白だった。何も考えずに、ただ手足を動かしているだけだった。マンションを飛び出して、駅までの道を早足で歩き、最後はほとんど走っていた。

電車に飛び乗って座席に座ってから、ようやく頭が動き出した。卓也が言っていた「今日、会わないと、もう会えないかもしれない」という言葉が脳裏に甦《よみがえ》った。その途端、恐怖で体が震え出した。

もし、私がホテルに着くまでに、卓也が消えていたらどうしよう。そしてさっきの電話が卓也の最後の声だったとしたら――。思わず座席から立ち上がってしまった。ああ、走って行きたい。でも、そんなことは無理だ。再び座席に座ったが、心の中では懸命に走っていた。

神様、と心の中で呟いた。今日が最後の日などということがありませんように——。新宿駅の改札を出た。落ち着こうと思っても無理だった。ひとりでに早足になり、気が付けば雑踏の中を駆けていた。

ホテルに着いた時は、恐怖が全身に広がっていた。卓也に会える喜びなんかどこにもなかった。エレベーターに乗っている間、自分の鼓動がはっきり聞こえた。暗い廊下はぐにゃぐにゃした迷宮のように思えたし、下に敷かれた絨毯は沼の泥のように感じた。

部屋のドアをノックしてドアが開くまで、とてつもなく長い時間がかかったような気がした。あまりの長さに、気分が悪くなり、しゃがみこみかけた。しかし実際は数秒もなかったのだろう。

開いたドアから見えた男性は卓也だった。私は部屋に飛び込むと、ドアが閉まるよりも早く、卓也に抱きついた。

卓也は私を抱き締めてキスしてくれた。私は目を閉じ、卓也の舌を求めた。私の舌とからみつく舌はまぎれもなく卓也のものだった。

二人は何度もキスした。唇を離すと、その途端、またキスしたくなり、唇を合わせた。不思議なことに、これだけキスしても性欲は湧いてこなかった。

二人が体を離したのは、私が部屋に入って二十分も経ってからだ。二人は部屋の小さなテーブルを挟んで向き合って座った。

「長くは、いられない」

卓也は疲れたような顔でそう言った。

「でも、聡子に言っておきたいことがあって――」

「嫌なことなら言わないで」

「ぼくは、どんなことがあっても、聡子を愛してる」

その瞬間、私の胸は喜びに震えた。

「じゃあ、どこへも行かない？」

卓也は、はいとは言わなかった。

「ぼくが仮に人格統一されても、聡子への愛は消えない」

「そんなこと言わないで！」

卓也は私の顔をじっと見た。その真剣なまなざしは私を怯えさせた。まるでこれが見納めだから脳裏に焼き付けておきたいという感じに思えたからだ。

「そんな目で見ないで」

「いや、よく見せて」卓也はかすれたような声で言った。「もう、時間がない」

「時間はあるわ。今日じゃなくても、明日もあるし――」

「いや、もうこれが最後かもしれない」

「どうして？」

「純也を連れて行く」

一瞬、何を言ったのかわからなかった。

「誰を連れて行くの？」

「純也だ。彼を一人で行かせはしない」

「どこへ行くの？」

私はテーブル越しに卓也の手を握って言った。

「純也さんをどこへ連れて行くの」

卓也はもう一度私の目をじっと見た。

「広志の中に――」

「ちょっと、待って！」

あまりにも唐突すぎる。こんな別れ方ってあるはずがない。

「ドッキリ、なんでしょう？」私は無理やり笑った。「騙されちゃった」

しかし卓也は笑わなかった。

「やめて！」私は叫んだ。「行かないで」

卓也の手を力いっぱい握った。そうしないと彼がどこかへ行ってしまうような気がした。どこにも行かせない――絶対に離さない。

「純也なんかほうっておいて！」

「それは――できない」卓也は喉の奥から絞り出すような声で言った。「純也を説得したのはぼくだ」

「この前、純也を出したのは、あなただったのね」

卓也は目を伏せた。

「最後に――聡子に会いたい、と言ったんだ。純也が本気で好きと言ったのは初めてだった」

ああ、そうだったのか。あれは、純也の生涯で初めての恋の告白だったのか――。

「この三日間、ずっと純也を説得していた。純也はわかってくれた。純也は行こうとしている。

ぼくは彼についていく」

「どうして、あなたが一緒に行くの？」

「ぼくが――説得したんだ」

卓也は喉の奥から絞り出すような声で言った。そして深く頭を垂れた。やがて彼の背中が小さく震えてくるのがわかった。

静かな部屋にタイヤが軋《きし》むような音がした――卓也の嗚咽《おえつ》だった。

彼の頬から涙が落ちるのが見えた。テーブルの上に涙のしずくがいくつもできた。どんな時でも感情を爆発させることのない彼が、まるで子供のように泣きじゃくっていた。

卓也が本当に消えてしまうつもりだということがわかった。

「行っても――戻ってきてくれるんでしょう？」

卓也は俯いたまま、ゆっくりと首を横に振った。

「私の目を見て言って！」

卓也は顔を上げた。その目は涙に濡れ、顔は醜く歪んでいた。私は椅子から立ち上がった。

そして卓也の元に行き、彼を力いっぱい抱き締めた。

——どれくらいの時間が経っただろうか。やがて二人は体を離し、ベッドに並んで腰かけた。

「もう会えないの？」

卓也は小さくうなずいた。それから小さな声で言った。

「でも、死ぬわけじゃない」

「どうなるの？」

「よくわからないけど——多分、眠りにつくようなものだと思う」

「目覚めるの？」

卓也は返事をしなかった。その代わり、私にキスをした。私は目を閉じて卓也のキスを受けた。彼の唇からは涙の味がした。

ふいに卓也に「愛してる」と一度も言ってなかったことに気付いた。なぜ今そんなことを思ったのだろう。彼にそれを言おうとして、そっと唇を離した。その時、卓也が呟くように言った。「時間が来た——」

そして一瞬遠くを見るようなまなざしをした。

「純也が待ってる——」

その途端、卓也の体から何かが抜けていくような感じがした。私は咄嗟に彼にしがみついて、その体を揺さぶった。

卓也は天井を見上げていた目を下に降ろし、私を見た。その目は——卓也の目ではなかった。

私は茫然として、卓也だった男——今は広志となった男の体を離した。

広志はまるで突然眠りから起こされた感じに見えた。まだ半分夢の中にいて、私の存在どころか、自分自身がどこにいるのかさえもわからないようだった。

広志は頭痛がするのか、下を向いて何度も頭を振った。私は小さな声で、卓也、と呼んでみた。しかし広志からは何の反応もなかった。

私はベッドから立ち上がると、俯いたままの広志を残して部屋を出た。ドアが閉まってオートロックの音がした途端、涙が出てきた。

そのまま泣きながら、暗い廊下を歩いた。

エピローグ

ホテルの二重ドアをくぐると、暖かい空気が私を包んだ。

まもなく四月に入ろうとしていたが、ロビー内は暖房がよく効いていた。私は着ていたスプリングコートを脱いで、左手にかけた。

ロビーを見渡すと、中央の椅子に座っていた広志が手を上げるのが見えた。

「こんにちは」

紺のスーツに紫のネクタイ姿の広志はさっと立ち上がると笑顔で言った。

私は少し戸惑いながらも、「こんにちは」と挨拶した。

「お久しぶりです」広志が言った。

「こちらこそ」

広志と会うのは半年ぶりだった。一週間前に突然電話があり、会うことになったのだ。

半年ぶりに見る広志の印象はまるで違っていた。表情は明るく、声も快活だった。でも会った瞬間、なぜか広志だとわかった。

「お茶を飲みましょうか」

「はい」

ラウンジの方に軽やかな足取りで歩いて行く男の背中を見ながら、広志じゃないみたいと思った。少なくとも私の知っている広志ではなかった。

私は最後に広志を見た日のことを思い出していた。あの日、広志はホテルの部屋で呆けたような顔をしていた。熟睡していたところを無理やりに起こされたみたいで、自分がどこにいるかもわからない状態だった。あの時、私が同じ部屋にいたことも気付いていなかった。

今、目の前を歩く広志の足取りは自信に満ちている。かつての猫背気味の姿勢ではなく、背筋がぴんと伸びていた。


広志が完全に人格統合されたと進藤先生に告げられたのは、私の目の前から卓也が去った一ヵ月後だった。

先生は卓也と純也が広志の中に統合され、広志は一つの人格に統合されたと言った。ホテルのラウンジでコーヒーを飲みながらの会話だった。

「まだ確信をもって言えるわけではありませんが、ほぼ人格統合されたと見ていいと思います」

進藤先生は淡々と語った。

「カウンセリングと催眠療法を用いて診察した結果、広志さん以外の人格は認められませんでした」

「他の人格は現れなかったということですか？」

「そうです」

その言葉は卓也の死亡報告のように聞こえた。

「それは――永久に現れないということですか？」

「それはわかりません。人格統合に成功した解離性同一性障害者が、その後何年か経って再び解離が始まった報告は何例もあります」

その言葉は私の心にほのかな希望の灯をともした。

「しかし、それらの多くは実は人格統合されていなかったとも考えられます。またそういう患者は他の精神疾患を持った人が多いのです。しかし、広志さんの場合、他の精神疾患はありません。それに現在の精神状態は極めて安定しています」

「そうなんですか」

私は笑顔を浮かべながら言おうとしたが、自分の頬が強張るのがわかった。進藤先生は何も言わなかったが、おそらく私の心理に気付いていただろう。

「こういう言い方は医者として不適切かもしれませんが、私の勘では、まずもう解離は起こらないのではないかと思います」

私は黙ってうなずいた。彼女があえて私の希望を消し去ろうとしているのはわかった。

「私がそう考える理由は、広志さんの性格が劇的に変わったからです。今の広志さんには精神的な弱さや脆《もろ》さはまったくありません。遠くない将来、社会復帰も可能でしょう」

「もう卓也さんが現れることはないのですか」

私は単刀直入に訊いた。

進藤先生は私の顔をじっと見ながら、慎重に言葉を選んで言った。

「私の見るところでは——卓也さんが現れることは、もうないように思います」

予期していた言葉にもかかわらず、強い衝撃を受けた。軽い眩暈を覚えて、思わず両手でテーブルを押さえた。そうしないと椅子から転げてしまいそうだった。

「大丈夫ですか」

私は目を閉じたまま、うなずいた。先生は私の右手に手を添えた。そのわざとらしい優しさに吐き気を覚えた。

「どうして、卓也を消してしまったのですか？」

そう訊いたつもりだったが、心の中で言っただけだった。進藤先生の治療は間違っていない。広志は人格統合されるべきだった。卓也もそう言っていた。

「卓也さんは広志さんに吸収されたのですか？」

「難しい質問です。解離した交代人格が統合されると、その性格はオリジナルの人格に吸収されます。特に感情表現において変化が見られます。しかし——交代人格が本当に吸収されて消えたのかどうかは、実はよくわかっていないのです」

「消えていないとしたら、どうなっているのですか？」

「心の深いところで眠っているのかもしれません」

「――眠っている」

「人は皆、無意識の自分を持っていますが、これが表に現れることはありません。人格統合された人格たちは、そうした無意識の世界の中に入ってしまったと考えることも可能です」

「その人格はもう目覚めることはないのですか」

進藤先生は初めて少し悲しそうな顔をした。そして静かにうなずいた。

「おそらく、もう目覚めることはないでしょう」

「卓也さんには、もう会えないんですね」

その質問には先生は何も答えなかった。涙が出そうになったが、懸命に堪えた。彼女の前で泣きたくはなかった。彼女に顔を見られるのが嫌で、ティーカップを手に取り、口元に運んだ。

「村田卓也さんは素晴らしい男性でしたね」

進藤先生がふと呟いた。私は思わず顔を上げて彼女の顔を見た。彼女はにっこりと微笑んだ。

「知性があって、とても男らしい人でした」

私はたまらなくなってティーカップを置き、取り出したハンカチでこぼれ落ちそうになる涙を押さえた。

進藤先生は優しく言った。

「本当に、恋していたのね」

その途端、私は子供みたいに声を上げて泣いた。

私はコーヒーを飲む広志の顔を見ながら、懐かしさで胸がいっぱいになっていた。そこにはまぎれもない卓也の顔があったからだ。

「髪の毛を切ったんですね」

不意に広志が言った。彼はさっきから私の大胆なショートカットを眩しそうに見ていた。

「一瞬、違う人かと思いました」

「似合いませんか?」

「いいえ」広志は慌てて手を振った。「とても素敵です」

私は「ありがとうございます」と言って、紅茶を飲んだ。

「梅田さんは今も家庭教師を続けているんですか」

不意に広志が訊いた。

「いいえ。今はフルタイムで働いています。出版業界です。それと、今は津山《つやま》聡子です。離婚して旧姓に戻りました」

広志は少し驚いた顔をした。

「離婚の原因は——ぼくにありますか?」

その言い方はおかしかった。

「あるかもしれませんね」

私は笑いながら言ったが、岩本広志のせいではない。

卓也と別れてからしばらく経ったある日、康弘の背広のポケットから、女が書いたメモが見つかった。寝てるのを起こすのが申し訳ないから先に部屋を出ます、という文章がホテルのメモ用紙に、書かれていた。私は別に非難するつもりもなく、康弘の前に、「これは何？」とメモを出した。すると彼はあっさり「付き合っている女だ」と言った。彼が取り繕ったり言い訳でもしてくれたら、私は信じるふりをするつもりだった。でも悪びれずに認める彼を見て、自分の中の何かが崩れた。

夫を責める気はなかった。結婚相手を裏切っていたのは私も同じだったからだ。康弘のことは嫌いではなかったが、愛してもいないということに初めて気付いた。ただ、離婚してもいいと思ったのは、卓也と別れて心が死んでいたせいかもしれない。その意味では、離婚の原因の一つは卓也にもあるとも言えた。

離婚の手続きは淡々と進んだ。三ヵ月後には正式に離婚した。私は古い友人の紹介で、出版社に就職した。康弘と同じ業界だったが、別に気にはならなかった。

目の前の広志は申し訳なさそうな顔をしていた。

「岩本さんのせいじゃないですよ」と私は笑って言った。「少しは原因があるとしたら、それは村田卓也さんです」

「それって――」広志はわずかに顔を強張らせた。「やっぱり、ぼくのせいじゃないですか」

「どうしてですか。岩本さんは関係ありません」

広志は首を横に振った。

「ぼくが聡子さんを愛したから――」

その言葉を聞いたとき、広志は卓也の記憶をすべて受け継いでいると言っていた進藤先生の言葉を思い出した。卓也も消える前に同じことを言っていた――。

私は広志の顔を見ながら、彼は卓也としての記憶を持っているのだろうかと思った。私と愛し合ったすべての記憶を持っているのだろうか。そう意識した瞬間、恥ずかしさを覚えた。

「ぼくのことは、進藤先生から訊いていますか?」

広志は訊ねた。

「はい、だいたいのところは」

「半年前に人格統合されました。でも、それからは自分を整理するので精いっぱいでした。感情と思考をコントロールするのがやっとの状態でした」

私はうなずいた。

「でも、ようやく精神状態も安定して、こうして聡子さんに連絡することができました。ご迷惑でしたか」

「いいえ。嬉しかったです」

広志はにっこりした。あれっと思った。広志のこんなに朗らかな笑顔を見るのは初めてだった。

「これからどうするのですか?」

「大学の研究室に戻りたいと思っていましたが、どうやらそれは難しそうです」

広志はちょっと寂しそうな顔をした。

「ぼくは今年で三十二歳になります。でも、何とか社会復帰したいと思っています。そのために来年から専門学校に通うつもりです」

「頑張ってください」

そう言いながら、広志が社会復帰していくのは楽ではないだろうなと思った。彼が失った時間は決して小さくはない。これから多くの人間関係や社会のことを一から学んでいかなくてはならない。でも、広志は以前の広志じゃない。卓也や純也、それにタケシなどを統合した新生「広志」だ。時間はかかっても、困難な道でも何とかやっていくことだろう。

「聡子さん――」

不意に広志が真面目な顔で言った。

「何でしょうか」

「ぼくとお付き合いしていただけませんでしょうか」

いきなりの申し出に戸惑った。どう答えていいのかわからず黙ってしまった。

広志は私の返事がないのを確認してから言った。

「突然、こんなことを言って、ごめんなさい」

「いいえ。私こそ、どうお答えしていいのかわからなくて――」

「聡子さんはすごく魅力的です」

私は「とんでもないです」と言った。

「以前から好きでしたが、ずっと言えませんでした」

広志は恥ずかしがらずに堂々と言った。その態度は男らしかった。

「何度も告白しようと思いました。でも、どうしても言う勇気がなかった」

私はうなずいた。

「でも、不思議なことなんですが――」広志はそう言って、少し笑った。「聡子さんに、好きと言った記憶はあります」

それは純也の記憶だろうか、それとも卓也の記憶だろうか。

「聡子さんを抱き締めた記憶もあります」

広志は少しはにかんだような表情をした。私はなぜか不愉快には思わなかった。

「その記憶は、夢の中の記憶みたいなものですか?」

「いいえ」広志はきっぱりと言った。「はっきりと覚えています。その時のすべての状況をありありと思い出すことができます」

「覚えているのは、行為ですか」

「それだけではありません。その時の気持ちも思い出すことができます」

広志はそう言いながら目を閉じた。

「初めて聡子さんとキスしたのは――」広志が呟くように言った。「夜の公園だった。ぼくは怖くて震えていた」

ああ、そうだった、と思った。私の脳裏にもその時の光景がまざまざと甦った。卓也は全身を小さく震わせていた。

「聡子は――素敵だった」

広志が私の名前を呼び捨てにしたのは初めてだった。目を開けた広志と目が合った時、急に緊張した。

「でも、私がキスしたのは、あなたじゃありません」

「わかっています。でも、こんなことを言うと、聡子は怒るかもしれないけど――ぼく自身の記憶として残っている」

私の中に不快感が湧きおこった。私と卓也の思い出を広志が盗み取ったような気がしたからだ。

「聡子――ぼくは覚えているよ」

その瞬間、心が揺れた。その優しい口調と言い方は、卓也そのものだったからだ。目の前にいる広志の顔が一瞬卓也に見えた。私は思わず目を閉じた。

「前と同じように、愛し合えないだろうか？」

「前と同じって――」私は繰り返すように言った。「あなたと愛し合ったことはないわ」

「ぼくは初めて聡子と結ばれた日のことも、よく覚えている」

「やめて！」

思わず言った。

目を開けた私の前にいる広志が、またも卓也に見えた。私は胸を押さえて、動悸がおさまるのを待った。

「ごめんなさい」

広志が申し訳なさそうに言った。私は黙って首を振った。それからじっと広志を見つめた。卓也ではなかった――。卓也と同じ顔をして、卓也と同じ声で話していたが、彼は卓也ではなかった。

紅茶を一口飲んで心を静めた。そして広志に訊いた。

「広志さんは今、解離していた人格のすべての記憶があるのですか?」

「はい」

「卓也さんの記憶も?」

「はい」

「それは――どんな感じなのですか。自分の経験として存在するのですか、それとも卓也さんという他人の記憶が加わったような感じなのですか」

「うまく言えないけど――」と広志は言った。「卓也はぼくだったという感じがします」

「どういう意味ですか?」

「ぼくが村田卓也という人物になって振る舞っていた――そんな感じです」

「あなたが意識してそうしていたということですか」

「過去の記憶を思い返すと、自分が他人として振る舞っていた感覚があります。宮本純也という男として行動していた記憶もあるし、タケシとして行動していた記憶もあります。他にも、別な男として行動していた記憶があります」

「その時、あなたは記憶がなかったのよ」

広志は素直にうなずいた。

「そうです。解離していた時は、自分の記憶はまるでなかったはずなんです。進藤先生も言っていたから、そうなんだろうと思う。けど、今の自分にそんな感覚はないんです」

「今は、あなた自身の経験として覚えているということ?」

「うん」と広志は言った。「すべてぼく自身の記憶として、残っています」

すごく不思議な感じがした。これが人格統合ということなのか。解離したすべての人格の記憶は一つに統合され、バラバラだったピースは一つの流れで再構成されたのだ。かつてプリズムで分けられていた様々な色の光は、今、一つの光となった——。

でも消えた人格たちはどこへいったのだろうか? 彼らの性格はどこへいったのだろうか。進藤先生は性格も混ざってしまうと言った。しかし彼女は一方で、それぞれの人格は深層心理の中に埋没しているかもしれないとも言っていた。

卓也は広志の心のはるか底で眠っているのだろうか。深いまどろみの中にいるのだろうか。もう目覚めることはないのだろうか。

その時、広志の左手の小指が小さく小刻みなリズムを取っているのが見えた。自分の心臓の鼓動が高鳴るのがわかった。

「――卓也」

私は小さく呟いた。広志ははっとしたように顔を上げた。そして苦笑しながら言った。

「ぼくは卓也じゃないよ」

「ごめんなさい」

「いいよ」

広志は優しくそう言った。左手の小指の動きは止まっていた。

さっきの小指の動きは、卓也のさよならの言葉だったのかもしれない――そう思った途端、私の頬に涙が流れた。

『プリズム』参考文献

『多重人格とは何か』朝日新聞社編　朝日文庫
『わかりやすい「解離性障害」入門』岡野憲一郎　星和書店
『多重人格』和田秀樹　講談社現代新書
『多重人格者の真実』服部雄一　講談社
『解離性障害・多重人格の理解と治療』岡野憲一郎　岩崎学術出版社
『多重人格者・あの人の二面性は病気か、ただの性格か』岡野憲一郎　講談社
『多重人格――知られざる心の病の真実』服部雄一　ＰＨＰ
『記憶はウソをつく』榎本博明　祥伝社新書
『宮崎勤精神鑑定書――「多重人格説」を検証する』瀧野隆浩
『解離性障害の治療技法』細澤仁　みすず書房
『告白　多重人格』町沢静夫編　海竜社
『精神障害と犯罪――精神医学とジャーナリズムのクロストーク』岩波明編　南雲堂
『分析・多重人格のすべて――知られざる世界の探究』酒井和夫　リヨン社
『あなたに潜む多重人格の心理』本明寛　ＫＡＷＡＤＥ夢新書
『妻は多重人格者』花田深　創美社
『多重人格…でも私はママ』宇賀直子・秀人　ぶどう社
『解離性障害――「うしろに誰かいる」の精神病理』柴山雅俊　ちくま新書

『私という他人——多重人格の精神病理』H・M・クレックレー、C・H・セグペン　講談社＋α文庫
『24人のビリー・ミリガン』（上・下）D・キイス　早川書房
『ビリー・ミリガンと23の棺』（上・下）D・キイス　早川書房
『ジェニーのなかの４００人』J・スペンサー　早川書房
『17人の私　ある多重人格女性の記録』R・ベア　エクスナレッジ
『私が私でない人たち』R・アリソン、T・シュワルツ　作品社
『記憶を書きかえる・多重人格と心のメカニズム』I・ハッキング　早川書房
『シビル』F・R・シュライバー　早川書房

〈著者紹介〉
百田尚樹　1956年、大阪生まれ。放送作家として「探偵！ ナイトスクープ」などの番組で活躍後、2006年に『永遠の0(ゼロ)』で作家デビュー。同書は2009年に文庫化され、大ベストセラーとなる。高校ボクシングをテーマにした青春小説『ボックス!』は2010年に映画化された。他の著書に、『幸福な生活』『錨を上げよ』『影法師』『モンスター』『風の中のマリア』『輝く夜』『リング』がある。

本書は書き下ろしです。
原稿枚数490枚（400字詰め）。

GENTOSHA

プリズム
2011年10月5日　第1刷発行

著　者　百田尚樹
発行者　見城 徹

発行所　株式会社 幻冬舎
〒151-0051 東京都渋谷区千駄ヶ谷4-9-7

電話：03(5411)6211(編集)
03(5411)6222(営業)
振替：00120-8-767643
印刷・製本所：株式会社 光邦

検印廃止

ISBN978-4-344-02064-1 C0093
幻冬舎ホームページアドレス　http://www.gentosha.co.jp/

この本に関するご意見・ご感想をメールでお寄せいただく場合は、
comment@gentosha.co.jpまで。